Maisey Yates

Esposa en público… y en privado

Editado por HARLEQUIN IBÉRICA, S.A.
Núñez de Balboa, 56
28001 Madrid

I.S.B.N.: 978-84-687-3590-0
Depósito legal: M-24104-2013
Editor responsable: Luis Pugni
Fotomecánica: M.T. Color & Diseño, S.L. Las Rozas (Madrid)
Impresión en Black print CPI (Barcelona)
Fecha impresion para Argentina: 19.5.14
Distribuidor exclusivo para España: LOGISTA
Distribuidor para México: CODIPLYRSA
Distribuidores para Argentina: interior, BERTRAN, S.A.C. Vélez
Sársfield, 1950. Cap. Fed./ Buenos Aires y Gran Buenos Aires,
VACCARO SÁNCHEZ y Cía, S.A.

Capítulo 1

EXPLÍCAME esto o ya puedes ir recogiendo tus cosas y largándote de aquí.

Paige Harper levantó la mirada hacia los ojos negros y enfurecidos de su jefe. Tenerlo allí, en su despacho, bastaba para dejarla sin aliento y sin habla. De lejos era muy atractivo, pero de cerca era irresistible.

Le costó un enorme esfuerzo apartar la mirada y fijarse en el periódico que él había arrojado sobre la mesa. Al hacerlo se le formó un nudo en el estómago.

—Eh... —murmuró, agarrando el periódico—. Bueno...

—¿No tienes nada que decir?

—Esto...

—Te he pedido una explicación, señorita Harper. Y tus balbuceos no me están explicando nada —se cruzó de brazos y Paige se sintió diminuta en su asiento.

—Yo... —volvió a mirar el periódico, abierto por la sección de sociedad, y leyó el titular. *Dante Romani se compromete con su empleada*, y bajo el titular dos fotos, una de Dante, impecablemente vestido con un traje hecho a medida, y otra suya, subida a una escalera de mano, colgando los oropeles del techo para preparar la temporada navideña en las tiendas Colson's—. Yo... —balbuceó de nuevo mientras leía rápidamente el artículo.

Dante Romani, el chico malo del imperio comercial Colson, quien la semana pasada llenó los titu-

lares por despedir a un alto ejecutivo y hombre de familia y sustituirlo por un joven sin responsabilidades familiares, se ha comprometido con una de sus empleadas. Cabe preguntarse si el pasatiempo favorito de este infame empresario no será jugar a capricho con su personal. O las despide o las desposa.

A Paige se le revolvió el estómago. No se explicaba cómo había llegado el rumor a la prensa. Le había contado una mentira a la trabajadora social, pero confiaba en tener un poco de tiempo para deshacer el entuerto. Nunca, ni en sus peores pesadillas, se imaginó que llegaría a verse en esa situación.

Y sin embargo allí estaba, leyendo la mentira del siglo.

—Estoy esperando –la acució Dante.

—Mentí –confesó ella.

Él miró a su alrededor y Paige siguió su mirada sobre los montones de retazos de telas, cajas llenas de abalorios, aerosoles de pintura y chucherías navideñas desperdigadas por todas partes.

—Pensándolo bien –dijo, mirándola a ella de nuevo–, es mejor que no recojas nada y te marches ahora mismo. Te enviaré tus cosas por correo.

—Espera, no... –perder su empleo era impensable, tanto como que descubrieran su engaño. Lo último que necesitaba era que los servicios sociales descubrieran que le había mentido a Rebecca Addler en la entrevista de adopción.

Siguió leyendo el artículo.

Cuesta creer que alguien capaz de despedir a un empleado por dedicarle más tiempo a su familia que al trabajo pueda sentar la cabeza y convertirse en un hombre de familia. La pregunta es ¿podrá esta mujer del montón reformar al despiadado ejecutivo o será una más en la larga lista de víctimas que Dante Romani deja a su paso?

Una mujer del montón... Sí, así era ella. Incluso al mentir diciendo que estaba comprometida con el multimillonario más sexy de la ciudad se presentaba a sí misma como una mujer del montón.

Tragó saliva y se enfrentó a la airada expresión de su jefe.

—No es más que un rumor de la prensa amarilla. Nada que pueda tomarse en serio.

—¿Qué esperabas conseguir con esto? —espetó él con dureza—. ¿Tan ingenua eras que no pensaste en las consecuencias? ¿O lo has provocado deliberadamente?

Ella se levantó. Las rodillas apenas podían sostenerla.

—No, yo solo...

—Puede que tú no seas digna de aparecer en la prensa, señorita Harper, pero yo sí.

—¡Eh! —protestó ella, aunque su jefe tenía razón. No había más que mirar las fotos para ver las diferencias.

—¿Te he ofendido?

—Un poco.

—Pues imagínate cómo me siento yo al venir a la oficina y descubrir que estoy comprometido con alguien con quien apenas he cruzado cuatro palabras.

—Los dos estamos en la misma situación. No creía que esto pudiera filtrarse a la prensa. No... no esperaba que nadie lo descubriera.

—Pues te equivocaste. Lo he descubierto. Será mejor que te marches por tu propio pie y no me obligues a llamar a seguridad —se giró y se encaminó hacia la puerta, dejando a Paige con un nudo en el pecho.

—Señor Romani —lo llamó, desesperada—. Escúcheme, por favor —no se avergonzaba por tener que suplicarle. Estaba dispuesta a ponerse de rodillas si hacía falta.

—Es inútil. No me interesa nada de lo que tengas que decir.

—Porque no sé por dónde empezar.

—Puedes empezar por el principio.

Paige respiró hondo.

—A Rebecca Addler no le gustan las madres solteras. A ninguna trabajadora social le suelen gustar, pero esta me preguntó por qué Ana estaría mejor conmigo en vez de con una familia normal, con un padre y una madre, y yo le dije que tendría un padre porque iba a casarme. Y entonces se me escapó su nombre porque... bueno, porque trabajo para usted y lo veo todos los días. Fue el primer nombre que se me pasó por la cabeza.

—Ese no es el comienzo.

Paige volvió a tomar aire e intentó calmar sus caóticos pensamientos.

—Estoy intentando adoptar una niña.

Él frunció el ceño.

—No lo sabía.

—Tengo a mi hija en la guardería.

—No suelo ir mucho a la guardería...

—Ana es una niña pequeña. Ha estado conmigo casi desde que nació —al pensar en Shyla se le encogía el corazón. Su mejor amiga, tan hermosa y exuberante. La única persona que había disfrutado con las excentricidades de Paige en vez de limitarse a soportarlas—. Su madre ha muerto y yo me ocupo de ella. No hubo nada oficial antes de que Shyla... En cualquier caso, el estado tiene la última palabra sobre su futuro. Hasta ahora me han permitido cuidar de ella, pero la adopción es otra cosa. Hace dos días me reuní con la trabajadora social encargada del caso. No parecía probable que fueran a concederme la adopción y no me quedó más remedio que mentir. Sobre nosotros y el compromiso, pero no tenía nada que ver contigo, te lo aseguro.

No era del todo cierto. Lo había hecho pasar por su prometido porque era el hombre más atractivo que había visto en su vida y porque, al trabajar en el mismo edificio que él, más de una vez había fantaseado con intimar fuera del ambiente laboral. Su vida amorosa brillaba por su ausencia, y cuando Rebecca Addler insistió en que le diera el nombre de su novio, el único hombre en quien pudo pensar fue Dante. Y el nombre brotó de sus labios en lo que fue una más de sus muchas meteduras de pata. En lo que se refería a dejar con la boca abierta no había nadie que pudiera superarla...

–Me siento halagado –dijo Dante, arqueando las cejas.

Ella se llevó una mano a la frente.

–Es inútil que intente explicarlo, pero ahora no sé qué hacer. Se suponía que esto no aparecería en la prensa, y si ahora se descubre que no estamos comprometidos sabrán que he mentido y...

–Y entonces serás una madre soltera que además es una embustera –el tono de Dante era frío e impersonal.

Paige tragó saliva.

–Exactamente.

Era un riesgo del todo inaceptable. Sobre todo para Ana, su pequeña inocente e indefensa, lo mejor de su vida. Por nadie más sería capaz de rebajarse hasta el punto de hacer lo que estaba a punto de hacer: declararse a su jefe.

El hombre que la dejaba sin aliento cada vez que entraba en la misma habitación donde estuviese ella. El hombre que estaba tan lejos de su alcance que hasta la idea de una simple cita resultaba ridícula.

Pero aquello iba más allá de un enamoramiento pasajero o del temor al rechazo.

–Creo... creo que necesito tu ayuda.

La expresión de Dante permaneció inalterable. Era un hombre que jamás delataba sus emociones. El príncipe oscuro del imperio Colson, el hijo adoptivo de Don y Mary Colson. La prensa especulaba con que lo habían adoptado por la inteligencia que demostró tener a una edad muy temprana.

A Paige esas historias siempre le habían parecido muy tristes e injustas. Pero comenzaba a cuestionarse si Dante Romani no sería tan cruel y desalmado como los demás lo pintaban. Confiaba en que no fuera así, porque iba a necesitar su comprensión para arreglar aquel embrollo.

–No estoy en posición de brindar la ayuda que pides –dijo él.

–¿Por qué? –preguntó ella, levantándose–. No te necesito para siempre. Solo necesito...

–Que me case contigo. ¿No te parece que es pedir demasiado?

–Es por mi hija –declaró ella con una voz alta y cruda que resonó en el despacho. No se arrepentía de haberlo dicho. Haría cualquier cosa por Ana, aunque eso significara su despido inmediato. Por primera vez en su vida, había algo más importante que su propia seguridad y supervivencia. Algo por lo que merecía arriesgarse a otro fracaso. Uno más en su larga lista...

–Ella no es tu hija.

Paige apretó los dientes e intentó contener la ira.

–La sangre no lo es todo. Tú más que nadie deberías entenderlo –quizá no fuese la réplica más apropiada, pero era cierto.

Él la miró unos instantes, con la mandíbula apretada.

–No voy a despedirte... Por ahora. Pero quiero una

explicación razonable. ¿Qué tienes en la agenda para hoy?

–Estoy ocupándome de los adornos navideños –dijo ella, señalando los objetos desperdigados por el despacho–. Para Colson's y para Trinka –estaba preparando una serie de elegantes escaparates para los centros comerciales y algo más moderno para los negocios de ropa juvenil.

–¿Estarás en la oficina?

–Sí.

–Bien. No te vayas hasta que volvamos a hablar –se giró y salió del despacho, y Paige cayó de rodillas al suelo, con las manos temblándole y el cuerpo tan tenso que solo quería enroscarse sobre sí misma.

Era una estúpida, pero eso ya lo sabía. Había hablado sin pensar, como siempre, solo que en esa ocasión se había buscado un serio problema con el hombre que le pagaba el sueldo. Todo estaba en las manos de su jefe. Su futuro, su familia y su dinero.

–Es hora de aprender a pensar antes de hablar –se dijo a sí misma.

Por desgracia, ya era demasiado tarde para ello.

Dante acabó el último asunto pendiente de su agenda, devolvió el documento a su sitio y apoyó los codos en la mesa para mirar el periódico.

Había vuelto a leer la noticia al regresar a su despacho. Una feroz crítica al impostor de la familia Colson que manejaba a las personas como piezas en un tablero de ajedrez. El artículo estaba lleno de detalles sobre Carl Johnson, despedido una semana antes por haberse escaqueado de una importante reunión para asistir a una competición deportiva infantil.

La prensa se había encargado de airear el asunto,

pues Carl había denunciado ser objeto de discriminación laboral. Para Dante no había nada discriminatorio en despedir a un empleado por ir al partido de béisbol de su hijo en vez de asistir a una reunión preceptiva. Por desgracia, la prensa lo había utilizado para cargar contra él y su falta de escrúpulos por la decencia humana.

Pero el artículo también decía algo interesante... ¿Podría Paige Harper reformarlo? La idea le hacía gracia. Apenas tenía contacto con ella. Él la dejaba hacer su trabajo, pues lo hacía bien y no había necesidad de implicarse. Por otro lado, era imposible no advertir su presencia cuando se movía por la oficina como un torrente de energía desbordada. Y Dante tenía que admitir que sentía curiosidad. Era una ventana a un mundo de luz y color en el que él nunca se fijaba y en el que nunca habitaría.

Pero, por mucho que lo intrigase, no era el tipo de mujer a la que se le ocurriera abordar.

Al menos hasta ese momento...

¿Podrá esta mujer del montón reformar al despiadado ejecutivo?

Dante no tenía la menor intención de reformarse, pero ¿y si dejaba que la prensa lo hiciera creer? Podría haber exigido una retractación nada más leer la noticia... podría dejarlo correr. Que los medios cambiaran la imagen de violento sociópata que habían creado de él cuando, siendo un chico adoptado de catorce años, salió a la escena pública y todo el mundo dio por hecho que era poco menos que un criminal. Su imagen se vendió antes de que él pudiera hacer nada, y por ello nunca se había molestado en intentar cambiarla.

Pero de repente se le ofrecía una herramienta que tal vez pudiera cambiar las cosas.

Se giró hacia la ventana y contempló la vista del puerto. Aún seguía viendo la expresión de Paige, el profundo temor y desesperación que reflejaban sus ojos. La prensa no mentía en algunas cosas sobre él, y una de ellas era su falta de sensibilidad.

Pero no podía dejar de pensar en ella, ni en la niña pequeña. A Dante no le gustaban los niños y no albergaba el menor deseo de ser padre, pero él también había sido niño y huérfano y se había pasado ocho años pasando de una familia adoptiva a otra, viviendo a merced del Estado o de unas personas que solo le hacían daño.

¿Cómo iba a permitir que la pequeña Ana corriera la misma suerte que él? Aunque recalase en una buena familia, nadie podría quererla tanto como parecía hacerlo Paige.

¿Y a él por qué debería importarle? Era la pregunta del millón de dólares. Nunca se preocupaba por nadie. No estaba en su naturaleza.

La puerta de su despacho se abrió y entró Paige. O mejor dicho, irrumpió con la fuerza de un viento huracanado. Llevaba un bolso dorado colgado del hombro, a juego con las zapatillas que añadían cuatro centímetros a su estatura. También llevaba un rollo de tela bajo el brazo, junto a un gran bloc de dibujo. Se dobló por la cintura para dejarlo todo en la silla que había frente a la mesa, estirando la falda sobre la curva del trasero, y se pasó la mano por su melena castaña oscura, revelando unas mechas rosas ocultas bajo las capas superiores.

Era una mujer que brillaba con luz propia y no había manera de ignorarla. Lucía un maquillaje tan radiante como el resto de su persona: verde lima en los párpados, carmín magenta en los labios y esmalte a juego en las uñas.

—¿Querías verme antes de que me fuera?

—Sí —respondió él, apartando la vista de ella por primera vez desde que entró en el despacho. Paseó la mirada por los objetos que Paige había dejado de cualquier manera en la silla y sintió el impulso de guardarlos o colgarlos de una percha.

—¿Vas a despedirme?

—No lo creo... Cuéntame más de tu situación.

Ella frunció el ceño e hizo una mueca con los labios.

—En pocas palabras, Shyla era mi mejor amiga. Nos mudamos aquí juntas. Ella se echó un novio, se quedó embarazada y él la dejó. Durante un tiempo todo fue bien porque estábamos juntas. Pero al dar a luz a Ana se puso muy enferma, perdió mucha sangre en el parto y... se le formó un coágulo en los pulmones —se detuvo para tomar aire—. Murió y nos quedamos Ana y yo solas.

Dante sofocó la extraña emoción que le traspasó el pecho al pensar en una niña huérfana.

—¿Y los padres de tu amiga?

—La madre de Shyla murió. Su padre aún vive, que yo sepa, pero no podría ni querría ocuparse de una niña pequeña.

—Y tú no puedes adoptarla a menos que estés casada.

Ella dejó escapar una exhalación y se puso a caminar de un lado para otro.

—No es tan sencillo. No hay ninguna ley que lo exija, pero Rebecca Addler, la trabajadora social, no ocultó su disgusto cuando vio mi apartamento.

—¿Qué le pasa a tu apartamento?

—Es pequeño. Es un lugar agradable y está en un buen sitio, pero es pequeño.

—Las viviendas son muy caras en San Diego.

—Sí. Muy caras. Por eso no me puedo permitir una casa más grande y Ana tiene que compartir un cuarto conmigo. Sé que un apartamento en un quinto piso no es el lugar ideal para criar a un niño, pero mucha gente lo hace.

–Entonces ¿por qué no puedes hacerlo tú? –quiso saber Dante, sintiendo como la frustración crecía en su pecho.

–No lo sé. Pero así me lo dio a entender al decirme que Ana estaría mejor con un padre y una madre. Me quedó muy claro que no quería concederme la custodia... y me entró el pánico.

–¿Y cómo acabó mi nombre en la prensa?

Ella se puso colorada.

–No sé cómo pudo ocurrir. Rebecca jamás haría algo así. Tal vez lo hizo quien se ocupó del papeleo, porque ella escribió una nota.

–¿Una nota?

–Sí.

–¿Qué decía?

–Tu nombre. Que estábamos recién comprometidos. Dijo que tal vez fuera útil.

–¿Y no crees que se debe a que soy millonario más que al hecho de que vayas a casarte?

No se hacía ilusiones sobre su encanto. O mejor dicho, sobre su falta de encanto. Lo único de él que atraía a las mujeres era su dinero. Aquella trabajadora social no sería una excepción. Económicamente hablando, podría mantener a uno o varios hijos. Una forma lamentable de decidir el parentesco.

Pero así funcionaba el mundo. Lo había aprendido pasando de la indigencia a tener más de lo que podría gastar.

–Es posible –admitió ella, mordiéndose el labio inferior.

El teléfono empezó a sonar y Dante conectó el altavoz.

–Dante Romani.

La nerviosa voz de su ayudante llenó el despacho.

–Señor Romani, la prensa ha estado llamando toda

la tarde para pedir una declaración sobre... sobre su compromiso.

Dante fulminó a Paige con la mirada, pero ella no pareció inmutarse. Tenía la mirada perdida en la ventana que daba al puerto y se enrollaba un mechón en el dedo mientras le temblaban las rodillas. Era, sin lugar a dudas, la criatura más descuidada que había conocido.

–¿Una declaración? –repitió, sin saber cómo iba a manejar aquello.

De cara a la prensa iba a casarse con Paige y adoptar una niña con ella. Desdecirse un día después de haberlo hecho público acabaría con los últimos vestigios de honorabilidad y decencia que aún pudiera tener en la sociedad. Tal vez le faltara tacto y encanto, pero tampoco quería aparecer en los medios como una especie de asesino en serie.

Si las cosas empeoraban, y todo parecía indicar que así iba a ser, los negocios se verían seriamente afectados. Y eso era del todo inaceptable. Don y Mary Colson habían adoptado a un hijo para que heredase su imperio y su fortuna. No podía fracasar.

Y luego estaba Ana. A Dante no le gustaban los niños ni quería tenerlos, pero los recuerdos de su propia infancia como niño huérfano que iba pasando de un hogar adoptivo a otro eran demasiado persistentes.

¿Correría Ana la misma suerte que él? ¿Tendría la suerte de encontrar una familia buena y cariñosa? Lo único que estaba claro era que Paige la quería y se preocupaba por ella.

Para Dante aquella preocupación le resultaba ajena y extraña, pero no podía negar su existencia. Era real y muy intensa. Había que salvar a una niña inocente de los horrores de la vida. Unos horrores que él conocía demasiado bien.

–Quieren detalles –le dijo Trevor.

Dante clavó la mirada en los ojos de Paige.

–Claro... –«y yo también»–. Pero tendrán que esperar. En estos momentos no tengo ningún comunicado –pulsó el botón para desconectar el interfono–. Pero voy a necesitar uno –le dijo a Paige. Un plan empezaba a cobrar forma en su cabeza. Una manera para convertir aquel desastre potencial en algo que pudiera beneficiarlo. Pero antes quería oír una explicación–. ¿Qué sugieres que hagamos?

Paige dejó de mover la pierna.

–¿Casarnos? –dijo con una expresión desesperanzada–. O al menos, mantener el compromiso durante un tiempo...

Nadie se había preocupado nunca tanto por él desde que perdió a su madre biológica. No perdía tiempo en lamentos. Era demasiado tarde para eso.

Pero no era demasiado tarde para Ana.

Bajó la mirada al periódico. No solo sería por Ana, sino también por él. Por fin se le presentaba la oportunidad para cambiar la mala fama que tenía en la prensa. Durante años lo habían presentado como un chico adoptado, arisco y desagradecido que no tenía sitio en la familia Colson. Y al crecer la imagen había cambiado a la de un jefe implacable y un amante sin escrúpulos que seducía a las mujeres con promesas, dinero y mentiras para luego deshacerse de ellas.

¿Cómo sería su vida si la gente lo viera de otro modo? Un matrimonio de verdad era absolutamente impensable, pero ser visto como un ángel en vez de como un demonio... La idea era tentadora. Y le facilitaría considerablemente las negociaciones comerciales.

Hacía tiempo que había dejado de importarle lo que pensaran de él, a menos que esa opinión afectara sus negocios. Y sabía que mucha gente se había negado a hacer tratos con él por culpa de su mala reputación.

Un mujeriego peligroso, cruel y despiadado. Lo habían llamado de todo, la mayoría de veces sin fundamento. ¿Cómo sería dar la imagen de un hombre de familia? Aunque no fuera algo permanente, bastaría para cambiar la opinión que tenían de él.

Sí, la idea era ciertamente tentadora...

¿Podría ella reformarlo?, se preguntaba la prensa. Pero la pregunta era ¿podría él valerse de ella para cambiar su imagen?

Por un breve instante se permitió pensar en las muchas maneras en que podría usar a Paige, en todas las fantasías que había tenido con ella desde que empezó a trabajar para él y que siempre había mantenido encerradas en el fondo de su mente.

Las contempló unos pocos segundos y volvió a encerrarlas. No era el cuerpo de Paige lo que necesitaba.

—Está bien, señorita Harper. Con el fin de mantener las apariencias, acepto tu proposición.

Los azules ojos de Paige se abrieron como platos.

—¿Qué?

—He decidido que me casaré contigo.

Capítulo 2

PAIGE sintió que el suelo se estremecía bajo sus pies. Pero Dante permanecía imperturbable y todo parecía estable, de modo que el estremecimiento debía de ser interno.

–¿Tú... qué?

–Acepto. Al menos a un nivel superficial, hasta que se calme el revuelo mediático.

–Pero... Está bien –balbuceó, mirando a su jefe. Se había puesto de pie tras la mesa y sus movimientos eran metódicos, seguros y controlados.

Siempre había sido así. Frío y sereno. Paige se había preguntado en más de una ocasión qué haría falta para que se relajara. Y también se había preguntado si alguna amante sería capaz de descontrolarlo, aflojarle la corbata y pasarle los dedos por el pelo.

Y al fin había descubierto que ella podía hacerlo... Pero no como lo haría una amante, sino filtrando sin querer la noticia falsa de un compromiso a la prensa.

–Excelente –dijo él en tono resuelto–. No veo ninguna razón por la que no pueda funcionar.

–¿Por... por qué lo dices?

–¿No es esto lo que quieres? ¿No es lo que necesitas?

La cabeza le daba vueltas. Aquella mañana se había visto al borde del abismo, y de repente todo parecía solucionarse.

–Sí, pero para serte sincera, no eres precisamente conocido por tu carácter complaciente y servicial, así que esa opción parece cuanto menos... extraña.

–¿Te imaginas lo que diría la prensa si me echara atrás? Ya se están frotando las manos con la posibilidad de hacerme pedazos si les brindo la ocasión. Este artículo es prácticamente una trampa para luego informar que he abandonado a mi novia, con la que solo he estado jugando y abusando de mi poder, y que he arruinado sus posibilidades de adoptar una niña. Ya me imagino los titulares...

–Tienes razón, pero por otra parte me sorprendería que la gente se creyera nuestro compromiso.

Una mujer del montón. Así la habían definido. Y Dante Romani jamás se uniría a una mujer normal y corriente.

Era como revivir sus años de instituto...

–¿Has estado leyendo cosas sobre mí? –le preguntó él con una media sonrisa.

–No, no, aunque he visto algo por encima –no iba a confesarle que se quedaba embobada mirando sus fotos. Como haría cualquier otra mujer, aunque ella no tuviese la menor oportunidad con él... ni el deseo de intentarlo–. Nadie nos ha visto juntos en público. Parecería muy raro que de repente nos hubiéramos comprometido.

Él se encogió de hombros.

–No me parece que sea tan raro mantener una relación en privado. Aunque tampoco puedo afirmarlo con seguridad, pues nunca he tenido una relación estable.

–Ya lo sé.

–Entonces has leído lo que se dice de mí.

A Paige le ardieron las mejillas y se le formó un nudo en la garganta.

–Soy una persona muy observadora y... ¡oh, no!

–¿Qué ocurre?

Paige miró el reloj que colgaba de la pared, justo sobre la cabeza de su jefe.

–Tengo que ir a recoger a Ana.

–Te acompaño.

–¿Cómo dices?

–Ahora soy tu novio, ¿o no?

Paige se sentía cada vez más aturdida.

–No lo sé... ¿Lo eres?

Él asintió con vehemencia.

–Sí. A todos los efectos.

–De acuerdo, entonces.

–No pareces muy convencida, Paige –observó él mientras descolgaba su abrigo de la percha y abría la puerta.

A Paige le temblaban tanto las manos que le costó recoger sus cosas de la silla.

–No... no. Es solo que me sorprende cómo has pasado de querer matarme a aceptar mi propuesta.

–Soy un hombre de acción. No tengo tiempo para las inseguridades.

Ella pasó junto a él y salió al vestíbulo. Trevor, el secretario personal de Dante, los miró fijamente desde su mesa.

–Que tenga una buena tarde, señor Romani.

–Tú también, Trevor. Deberías irte ya a casa.

–Enseguida. ¿Entonces...?

–Sí, estamos comprometidos –dijo Paige.

–¿En serio? –su rostro era una mueca de escepticismo.

Paige asintió y miró a Dante, quien parecía extrañamente divertido.

–Sí –repitió ella.

–Sí –aseveró él.

–No... no lo sabía –dijo Trevor.

–Soy un hombre discreto –explicó Dante–. Cuando me conviene.

–Eso parece –murmuró Trevor, girándose de nuevo hacia su ordenador.

–Te veo mañana –se despidió Dante, y Trevor asintió vagamente con la cabeza.

Paige siguió a Dante al ascensor y los dos entraron.

–No parece que le haya hecho mucha gracia –dijo cuando las puertas se cerraron. Le sorprendía que Dante, el jefe más temible que se pudiera tener, no hubiera despedido a Trevor por manifestar su disgusto con la situación.

–Trevor está contrariado porque no sabía nada. Le gusta estar al corriente de todo y preparar mi agenda con al menos seis meses de antelación.

–¿Y a ti no te importa que se haya enfadado?

Dante frunció el ceño.

–¿Por qué iba a importarme? ¿Qué querías, que lo tirara por la ventana del piso trece?

–No había descartado esa posibilidad...

–No soy un tirano.

–¿No? Pues a Carl Johnson lo despediste por ir a un partido de béisbol.

–¿Y soy un tirano por querer que mis empleados estén en la oficina durante las horas de trabajo y se ganen los generosos sueldos que les pago?

–Era el partido de béisbol de su hijo...

–Ese detalle no significaba nada para los asistentes a la reunión. Tal vez para Carl sí, pero para nadie más. Y si la gente empezara a faltar al trabajo por cualquier motivo se crearía un precedente y al final no se haría nada.

–Bueno, ya veremos qué pasa cuando tú tengas que faltar al trabajo por un motivo personal.

–Encontré la solución a ese tipo de problemas al no tener vida personal –declaró él con dureza.

–Oh...

–Te empeñas en verme como me pinta la prensa, a pesar de lo que ves cada día en la oficina. Esto viene a demostrar el poder de los medios de comunicación... y la necesidad de empezar a usar ese poder en mi propio beneficio.

–Su... supongo –admitió Paige. Era cierto. Dante era un hombre duro que no se andaba con tonterías, pero ella nunca le había oído alzar la voz... salvo aquella mañana. Como jefe no se le podía criticar nada, aunque Paige siempre sentía una emoción prohibida cuando estaba cerca. Algo oscuro y siniestro, seguramente por culpa de la prensa.

–Y has leído lo que se escribe sobre mí –insistió él, como si pudiera leerle la mente.

Paige hizo un mohín con los labios.

–De acuerdo, lo admito. He leído algo de lo que se ha escrito sobre ti.

–Ser un tirano implica perder el control, Paige. Y yo ejerzo un control absoluto sobre mi empresa sin necesidad de levantar la voz.

Ella carraspeó y fijó la mirada en la puerta del ascensor. La brillante superficie metálica reflejaba sus imágenes distorsionadas. Apenas le llegaba al hombro a Dante a pesar de llevar tacones. A su lado parecía diminuta y apocada, mientras que él parecía... tan varonil y amenazador como siempre.

–Hoy has levantado la voz al entrar en mi despacho –le recordó, sin apartar la mirada del reflejo. Dante era demasiado atractivo para mirarlo directamente, sobre todo cuando estaba tan cerca de ella.

Él se echó a reír.

–La situación lo merecía, ¿no crees?

–¿Ah, sí?

–¿Cómo te habrías sentido si se hubieran invertido los papeles?

–No lo sé. Oye, ¿de verdad piensas hacer esto? –le preguntó, mirándolo cuando las puertas del ascensor se abrieron.

–Claro que sí. ¿Te parece que bromeo, acaso?

–No, ya sé que tú nunca bromeas. Pero la experiencia me ha enseñado que cuando un hombre dice que quiere salir conmigo solo me está tomando el pelo, y por eso es normal que piense que mi jefe me está gastando una broma pesada al aceptar el compromiso.

–¿De qué estás hablando?

Ella sacudió la cabeza.

–Nada. Cosas del instituto. Pero, Dante, si descubren que esto es una farsa, no solo perderé a Ana.

–Ya sabes que nunca bromeo, Paige. Y tampoco lo estoy haciendo ahora.

–Pero es que no entiendo por qué me ayudas.

–Porque es beneficioso para mí –dijo él con una honestidad brutal.

–¿En qué sentido?

–La gente me ve... como a un tirano, un corruptor de inocentes, la reencarnación del mismísimo Caronte, que conduce a las almas a través de la laguna Estigia hacia el Hades.

Lo dijo con un tono despreocupado y alegre, aunque su expresión permanecía seria.

–Sí, me lo imagino –dijo Paige, riendo.

–Ya se empieza a especular con la posibilidad de que seas tú quien me reforme. La idea de dar esa impresión me resulta sugerente. Una especie de experimento social que, además, tendría una repercusión muy positiva en mis negocios.

–También nos estarías ayudando a Ana y a mí –señaló ella.

Él asintió brevemente.

–Me parece bien.

Lo dijo muy serio, como si ella pudiera pensar que le desagradaba ayudar a los demás.

–Estupendo –dijo, y continuó por el pasillo hasta la guardería.

Abrió la puerta y suspiró al ver a Genevieve, la cuidadora, con Ana en brazos. Eran las dos últimas personas que quedaban en el centro.

–Lo siento mucho –se disculpó Paige, dejando sus cosas en el mostrador para tomar a Ana.

Genevieve sonrió.

–Tranquila. Está casi dormida. Lloró un poco cuando dieron las cinco y tú no estabas.

Paige sintió una punzada en el pecho. Ana solo tenía cuatro meses, pero ya la veía como a una madre. En la vida de Paige había habido muy pocos momentos que no estuvieran caracterizados por la inseguridad y la sensación de fracaso. Uno de esos momentos fue cuando la contrataron para diseñar los escaparates de las tiendas Colson. Y otro fue cuando Shyla le puso a Ana en brazos y le preguntó si podía ocuparse de ella un rato, mientras Shyla descansaba un poco para recuperarse de la fatiga que la invadía desde el parto. Pero Shyla no volvió a despertar y Paige seguía ocupándose de Ana. Tenía que hacerlo. Y quería hacerlo. Amaba a Ana más que a su propia vida.

Genevieve le puso a la pequeña y su mantita en los brazos, y Paige apretó a su hija contra el pecho mientras intentaba contener las lágrimas. Miró a Dante y supo que había hecho lo correcto.

Ana era suya para siempre. Haría lo que fuera necesario para que nadie se la arrebatara.

Genevieve agarró la bolsa de los pañales y entonces advirtió la presencia de su jefe.

–Señor Romani –exclamó, muy sorprendida–, ¿qué lo trae por aquí?

A Paige le pareció que se lo preguntaba con un tono ligeramente esperanzado, como si deseara que Dante hubiera ido para violarla contra la pared, tal era el efecto que tenía en las mujeres. Incluida Paige.

–He venido para recoger a Ana –dijo él.

–Oh... –Genevieve se quedo muda de asombro.

–Con Paige –añadió él, quitándole la bolsa de los pañales–. La noticia ha salido hoy en los periódicos, pero por si no te has enterado, Paige y yo vamos a casarnos.

La chica los miró boquiabierta, incapaz de pronunciar palabra.

–Vamos, *cara mia* –dijo Dante, recogiendo las cosas de Paige del mostrador. Ver a su jefe italiano, alto y fuerte, con un bolso de lentejuelas, bastaría para hacer reír a cualquiera. Pero había algo más, una extraña sensación en el estómago y en el pecho, que cortaba la risa.

Paige se despidió de Genevieve con la mano y salió de la guardería en dirección al aparcamiento. Dante iba detrás de ella, cargado con todas sus cosas.

–Lo siento –se detuvo y se giró hacia él–. Yo lo llevaré...

–No es necesario.

–No tienes por qué hacerlo. No... no tienes que acompañarme al coche.

–Creo que sí.

–No, de verdad que no.

–Acabamos de anunciar nuestro compromiso. ¿Crees que dejaría que mi novia fuera al coche ella sola, cargada con una niña, una bolsa de pañales, un bolso y lo que quiera que sea esto?

–Puede que no, pero no tienes fama de ser muy galante, que digamos.

–Cierto, pero eso va a cambiar, ¿recuerdas?

–¿Por qué?

–Sigue andando.

Paige había notado que no miraba a Ana. La niña ejercía el mismo interés en él que un objeto inanimado. La mayoría de las personas se enternecían cuando la veían o acariciaban. Pero Dante no.

–¿Cómo vamos a hacer esto? –le preguntó al llegar al aparcamiento.

–¿Dónde has aparcado?

–Ahí mismo. Gracias a Ana puedo aparcar cerca de la puerta.

–Una buena política –observó él–. No creo que fuera cosa mía.

–Creo que fue cosa de tu padre.

Una expresión extraña cruzó el rostro de Dante.

–Interesante. Pero muy propio de Don. Siempre ha sido un hombre muy práctico. Por eso montó una guardería en el edificio. Porque sabía que para los empleados con hijos la familia era una prioridad. De esa manera podían estar cerca de sus hijos sin desatender el trabajo, aunque eso suponga perderse los partidos de béisbol... No estoy dispuesto a construir un campo en el aparcamiento.

–No, ya me imagino que no –cambió el peso de un pie a otro, sin saber qué hacer–. Bueno, no llegué a conocer a tu padre, pero a juzgar por las políticas que implantó en la empresa parece un buen hombre.

–Lo es.

Paige se giró y se encaminó hacia su coche.

–Oh, el bolso... –se detuvo y se volvió de nuevo hacia Dante, quien intentó sacar el bolso del montón de cosas–. No importa, olvidé cerrar el coche.

–¿Olvidaste cerrar el coche?

–Aquí abajo no hay peligro de que me lo roben –abrió la puerta trasera y dejó a una durmiente Ana en su sillita.

–Aun así, conviene cerrarlo.

–¿Desde cuándo vives en este país?

–Desde que tenía seis años. ¿Por qué?

–Es que... hablas un inglés muy correcto.

–Es mi segunda lengua. Y Don y Mary hablan un lenguaje muy formal.

–¿Te diriges a ellos por sus nombres de pila?

–Tenía catorce años cuando me adoptaron, lo que sin duda ya sabes por ese interés insaciable que muestras hacia la prensa amarilla.

–Tanto como un interés insaciable...

–Habría resultado muy extraño llamarlos de otra manera –continuó él como si ella no hubiera hablado–. Me adoptaron para ser el heredero del imperio Colson, más que para ser un hijo.

–¿Eso te lo dijeron ellos?

–Es la única razón que se me ocurre.

–Entonces, ¿por qué no llevas el apellido Colson? –siempre había tenido esa duda, pero nunca había tenido ocasión de preguntárselo.

–Don y yo lo acordamos desde el principio. Yo quería conservar el apellido de mi madre.

–¿Y el de tu padre no?

El rostro de Dante se endureció visiblemente.

–No.

Paige parpadeó con asombro y optó por no indagar en el tema. Cerró la puerta del coche y se apoyó en el costado.

–Bueno... supongo que nos veremos mañana.

–Nos veremos esta noche.

–¿Qué?

–Tenemos que trazar un plan. Y si voy a ayudarte, tú tendrás que ayudarme a mí. Es en interés de ambos que lo nuestro parezca real. Una vez que lo confirmemos no hay vuelta atrás, ¿entendido?

Ella asintió lentamente.

–Y recuerda también esto: tú tienes mucho más que perder que yo. Para mí no sería más que otra mancha en mi historial, y francamente, ya he perdido la cuenta. Tú, en cambio...

–Podría perderlo todo –dijo ella con un nudo en el estómago.

–Por tanto debemos asegurarnos de no dar ningún paso en falso. Voy a acompañarte a tu casa.

Al imaginárselo tan grande, varonil y autoritario en su diminuto apartamento sintió que todo le daba vueltas. La idea de tener a cualquier hombre en casa le resultaba extraña e incómoda, pero no tenía opción. No podía actuar como si él la pusiera nerviosa. Se suponía que era su novio y que la había elegido a ella.

–Estoy mareada –admitió en voz alta.

–¿Quieres que conduzca yo?

Ella negó con la cabeza.

–No, no hace falta. Enseguida me recupero –dijo mientras abría la puerta del pasajero.

Esperaba no equivocarse...

Capítulo 3

LA CASA de Paige era como ella. Luminosa y desordenada. El salón estaba atestado de lienzos, maniquís y rollos de tela. Había una estantería llena de latas con abalorios, lentejuelas y otras cosas brillantes. El despacho de Paige no era más que la punta del iceberg.

–Siento el desorden –dijo ella–. Puedes dejar mis cosas en el sofá –puso la sillita en la mesa del salón y desató a la pequeña para apretársela contra el pecho.

Dante apartó la mirada. Verla con la niña le recordaba cosas, aunque no sabía muy bien qué, ya que cada vez que un recuerdo intentaba aflorar lo empujaba a lo más profundo de su mente.

Se concentró en buscar una percha o un gancho en la pared para colgar el bolso de Paige.

–Déjalo por ahí –le dijo ella.

–No me gusta dejar las cosas tiradas por ahí –repuso él.

Ella puso los ojos en blanco.

–Pues toma a Ana mientras yo lo hago.

Él se apartó con un nudo en la garganta.

–No tengo a los niños en brazos.

Ella volvió a poner los ojos en blanco.

–Deja las cosas donde quieras.

Él dejó el bolso en la encimera de la cocina y fue al salón, donde dejó el rollo de tela sobre otro montón de

tejidos y el bloc de dibujo junto a una lata con rotula-
dores y pinceles.

Un poco de orden al menos, pensó.

–Podrías haberte ahorrado tantas molestias –dijo
ella, riendo.

–¿Qué hay de malo en preocuparse por tus pertenencias?

–Yo me preocupo por ellas.

–¿Cómo puedes encontrar algo en esta leonera?

Ella ladeó la cabeza y Dante volvió a atisbar las mechas rosas escondidas bajo sus cabellos.

–Es muy fácil –le dio unos golpecitos a Ana en la
espalda mientras caminaba por el salón.

Parecía sentirse muy cómoda entre aquel desorden.
No como él, que necesitaba un entorno pulcro y perfectamente ordenado.

–¿Qué talla de anillo usas?

–La seis –frunció el ceño–. ¿Por qué?

–Vas a necesitar uno.

–Ya tengo anillos. Puedo llevar uno cualquiera.

–No tienes la clase de anillo que yo le regalaría a la
mujer con la que pretendiera casarme.

Ella se detuvo en medio de la habitación.

–A lo mejor ese tipo de anillo no sería de mi agrado.

–Tendremos que llegar a un acuerdo, pero tu anillo
de compromiso ha de satisfacer mis gustos.

Ella gimió y se dejó caer en el sofá, apretando a Ana
contra el pecho.

–Esto es una locura.

–Fuiste tú la que dijo que estábamos comprometidos.

–Sí, ya lo sé. Y nada más decirlo supe que había cometido un error fatal, pero... me salió sin pensar.

Él la creyó. Seguramente porque si hubiera pensado
antes de hablar habría elegido a cualquier otro hombre.

Un hombre al que le gustaran los niños y los animales y fuera amable y compasivo.

Él no era aquel hombre. Y lo sabía tan bien como todos los que lo conocían.

—No puedo perderla —dijo Paige, mirando a la niña que tenía en brazos—. No puedo dejar que un error estúpido eche a perder su vida... y la mía.

Dante la miró, a ella y a la niña, ignorando la orden que le daba su cerebro para que apartase la mirada de aquella escena de amor maternal. La pequeña Ana respiraba plácidamente en sueños, protegida por la mujer que se había convertido en su madre.

Una extraña sensación de angustia le oprimió el pecho a Dante. Cualquier emoción le resultaba extraña, pero aquella lo era aún más.

—Lo entiendo —dijo, y se sorprendió al descubrir que hablaba en serio—. Pero para evitar que eso ocurra no basta que esto parezca real. Tiene que ser real.

El compromiso no sería suficiente. Tendrían que casarse.

—Tú quieres quedarte con Ana.

—Más que nada —corroboró ella.

—Entonces tendremos que conseguir la adopción antes de separarnos. Tenemos que casarnos.

Ella parpadeó un par de veces.

—¿Casarnos de verdad?

—Sí.

—Pero... —sus ojos se abrieron como platos—. ¿Por qué? ¿Qué pretendes con eso?

Dante casi se echó a reír por el pánico que reflejaba el rostro de Paige. Cualquier otra mujer estaría encantada con la perspectiva de acostarse juntos.

Pero él rechazaba a la mayoría. Ninguna podía reformar al chico malo y ablandar su corazón de piedra. Él no era un sádico y no quería aprovecharse de nadie, y sin embargo le resultaba interesante la aversión manifestada por Paige.

–No es lo que estás pensando –le dijo para intentar tranquilizarla, sin éxito.

–¿A qué te refieres? –preguntó ella, como si no estuviera pensando en el acto sexual. Se le daba muy mal fingir...

–No tengo intención de acostarme contigo –al decirlo se preguntó si la ropa interior de Paige sería tan colorida como el resto de su atuendo. ¿Rosa fucsia, dejando entrever atisbo de piel clara bajo el encaje? Se la imaginaba semienvuelta por sábanas blancas, con su sexy lencería destacando sobre el fondo inmaculado.

El rubor cubrió las mejillas de Paige y bajó la mirada a la cabeza de Ana.

–Claro que no... Quiero decir... Nunca se me pasó algo así por la cabeza.

–Tu expresión sugería lo contrario –replicó él. No debería albergar fantasías eróticas con ella, pero las imágenes le llenaban la cabeza sin poder evitarlo.

–Era solo una pregunta honesta. Tengo derecho a hacer preguntas si vamos a dar un paso más, y necesito saber lo que entiendes por «real».

–Por «real» me refiero a lo que hagamos fuera del dormitorio. Tendrás que acompañarme a los eventos a los que deba acudir. Tendremos que casarnos y tendrás que mudarte a mi casa. Tiene que parecer real.

A Dante no le gustaba lo más mínimo la idea de llevar aquel torbellino de luz y color a su casa. Y no solo a Paige, sino a la niña pequeña también.

Apretó los dientes. Su casa era grande, había espacio para todos y solo sería algo temporal. Él nunca cuestionaba sus decisiones. Simplemente las tomaba.

Ella asintió.

–Lo sé. Pero... me parece algo extremo.

–No es así. Piénsalo, Paige. Nos has metido a los dos en un juego muy peligroso. Las consecuencias serían nefastas si nos descubrieran. Especialmente para ti.

Ella desvió la mirada y se mordió el labio.

–Tienes razón.

–Pues claro que tengo razón –dijo él, apartando la mirada de su boca–. ¿Tienes algo de beber?

–Eh... hay un cartón de vino en el frigorífico.

–¿Un cartón de vino? –repitió él sin disimular su desagrado.

–Sí. Lo siento si no está a tu altura. A lo mejor podrías elegirme el vino y un anillo...

–Sí, tal vez. Cuando te vengas a mi casa habrá una selección de vinos esperándote. Y ninguno estará en envase.

–Genial –se levantó–. Voy a acostar a Ana. ¿Puedes esperar aquí un momento sin criticar mucho mi casa?

–Lo intentaré.

La vio salir del salón, fijándose involuntariamente en el contoneo de sus caderas y la curva de su trasero. Al fin y al cabo era un hombre y ella era una mujer muy hermosa y apetecible. No era su tipo de mujer y, sin embargo, no era la primera vez que se fijaba en ella. A él le gustaban las mujeres sofisticadas y circunspectas, y Paige no era nada de eso.

Paige regresó al cabo de un momento, con las manos libres y una mancha de humedad en la camisa, junto al hombro.

–Tienes una mancha ahí –le indicó Dante.

–Ah, sí. Ana no tiene dientes para retener la baba.

Dante respiró hondo y se sentó en el sofá.

–Creo que tomaré un poco de vino.

La idea de tener a aquella mujer y sus pertenencias en casa, además de una niña pequeña que lo llenaba todo de baba, hizo que se le formara un nudo de ansiedad en el estómago.

Paige fue a la cocina y sacó dos copas desparejadas de un armario, una verde de champán y otra transparente de vino. A continuación abrió la nevera y sacó el cartón de vino con el que procedió a llenar las copas.

Se quitó los zapatos y los apartó con un puntapié de camino al sofá, con una copa en cada mano.

–Hace mucho que no tenía a nadie en casa... aparte de los servicios sociales –le tendió la copa transparente y se sentó en un sillón junto al sofá, sobre los pies y con las piernas dobladas.

–¿Cuánto tiempo?

Paige miró su copa de vino.

–Desde que murió Shyla.

–Tuvo que ser muy duro –igual que para él lo era encontrar las palabras de consuelo y saber lo que una persona necesitaba escuchar. Tenía experiencia con la muerte, pero recordaba lo que a él le habían dicho, en el caso de que le hubieran dicho algo...

Paige tomó un sorbo de vino y asintió.

–Sí. Era mi mejor amiga. Nos mudamos de Oregon a San Diego poco después de graduarnos.

–¿Por qué aquí?

Ella se encogió de hombros.

–¿Por el sol? No lo sé. Supongo que para poder empezar de nuevo. Ella conoció a su novio al poco tiempo de estar aquí y se fue a vivir con él, quien la abandonó cuando se quedó embarazada. No le quedó más remedio que venirse a vivir conmigo. No teníamos muchas comodidades, pero era genial estar juntas. Y luego... luego nació Ana y fue maravilloso –volvió a bajar la mirada a la copa. Tenía los ojos llenos de lágrimas–. Las tres juntas...

–¿Cuántos años tienes, Paige? –le parecía muy joven,

y estaba seguro de que bajo aquel maquillaje tenía el aspecto de una niña. Su piel era blanca y suave; sus ojos, redondos y enmarcados por largas pestañas; sus labios, carnosos y rosados, curvados hacia abajo en una mueca.

–Veintidós.

–¿Solo tienes veintidós años? –diez años más joven que él. Y sin embargo estaba dispuesta a hacerse cargo de una niña ella sola–. ¿Por qué quieres criar a una niña siendo tan joven? Te queda toda la vida por delante. ¿Y no quieres casarte?

–La verdad es que no... Y en cualquier caso, este no es el mejor momento para tener un hijo. Si hace unos meses me hubieras preguntado si estaba lista para ser madre, te habría dicho que no. Pero la situación ha cambiado. Ahora está Ana. No tiene a nadie. Su madre biológica está muerta, mi mejor amiga está muerta. El espacio que debería ocupar el nombre del padre en el certificado de nacimiento está en blanco. Me necesita...

–Necesita a cualquiera que se ocupe de ella. No tienes por qué ser tú.

Ella se estremeció al oírlo.

–Tengo que ser yo –declaró con voz débil.

–¿Por qué?

–No creo que nadie pueda quererla tanto como yo. Y... y yo conocía a Shyla. La conocía mejor que nadie y ella a mí. Podré hablarle de ella a Ana –tragó saliva–. Y Shyla me pidió que cuidara de ella.

La respuesta golpeó fuertemente a Dante en el pecho, y de nuevo se vio invadido por los recuerdos que había estado apartando desde que recogieron a Ana en la guardería. Él había sido mucho mayor que Ana cuando perdió a su madre, por lo que albergaba muchos y dolorosos recuerdos. Las nanas que le cantaba su madre, las caricias de sus suaves manos... y sangre, mucha sangre.

Parpadeó repetidas veces y se sacudió las imágenes de encima.

—Lo comprendo.

—No es solo por ella. También es por mí. La quiero. Como... como si fuera mi hija. Yo la vi nacer y he estado con ella desde entonces. No puedo perderla. No puedo permitir que se la quede otra persona. ¿Cómo iba alguien a quererla tanto como yo? La quiero tanto que a veces me sobrepasa.

Lo decía con una convicción que la hacía vibrar. Dante no podía imaginarse una emoción como aquella. Estaba lejos, muy lejos de poder sentir nada. Las únicas emociones que conocía eran el dolor y el miedo capaces de reducir a un hombre a una temblorosa y cruda masa de angustia.

Paige, sin embargo, irradiaba una emoción tan intensa y honesta que sería imposible ocultar. Salvo un pequeño detalle...

—No puedes tener el pelo rosa —le dijo.

—¿Qué? —se pasó los dedos por su oscura melena con un movimiento inconscientemente sensual.

—Jamás me comprometería con una mujer que tiene el pelo rosa.

—Pues... acabas de hacerlo.

—No descubrí tus mechas hasta hace poco. Al verlas estuve a punto de arrancártelas y tú me prometiste que irías al peluquero enseguida.

—No puedes verlas si llevo el pelo por capas.

—Las vi cuando estábamos en la cama —de nuevo volvieron a sacudirlo las imágenes de su piel blanca contra las sábanas.

Paige se puso colorada.

—Ah... ¿y eso fue con lo que te quedaste? ¿Con mis mechas rosas? No debimos hacerlo muy bien... —apartó la vista y tomó otro largo trago de vino barato.

–Olvidas que te estoy haciendo un favor.

–No sabía que fuera esa tu principal motivación. Y yo también te estoy haciendo un favor a ti.

–Puede que sí, o puede que no. Ignoro cuál será la reacción a nuestro compromiso, pero siento curiosidad por averiguarlo.

–¿Qué es esto, una especie de experimento para ti?

–Admito que es interesante. Pero también ayudará a mejorar los negocios.

–¿No te importa engañar a la gente?

–¿Te importa a ti?

Ella frunció el ceño.

–En cualquier otra circunstancia no lo haría. Pero... debo hacerlo por Ana. Haría cualquier cosa por ella.

–Ya me he dado cuenta.

–Me preocupa más el hecho de que vayamos a... casarnos –volvió a bajar la mirada, ofreciendo la imagen de sus largas pestañas y párpados pintados de verde esmeralda con motas doradas.

–Si se te ocurre otro modo...

–No, no hay otra manera –dijo ella, mirándolo a los ojos.

–Entonces no le busques cinco pies al gato.

–No lo haré. ¿Qué vamos a hacer?

–Le enviaré tu talla de anillo a Trevor para que consiga algo apropiado. Lo tendrás en tu mesa para la hora del almuerzo. Luego... tenemos que acudir a una obra benéfica.

–No tengo a nadie con quien dejar a Ana.

–Le pagaré a Genevieve para que se ocupe ella. Se le da bien, ¿no?

–Sí, bueno, pero... he estado separada de ella todo el día.

–Sal más temprano de la oficina –le sugirió él–. Yo vendré a recogerte antes del evento.

–¿Por qué te empeñas en resolver todos mis problemas? –le preguntó ella en tono irritado.

–¿Y eso te parece mal? Me extraña, teniendo tantos problemas actualmente.

–Y que lo digas... –admitió ella con un suspiro.

Dante se levantó y dejó su copa casi llena en la mesa.

–Buenas noches. Pasaré a recogeros a ti y a Ana mañana por la mañana, a las siete y media.

–Espera un momento... ¿Recogerme, has dicho?

–Ahora eres mi novia, Paige. Y eso conlleva algunas obligaciones.

Ella parpadeó, confundida.

–No... no he dado mi consentimiento.

–Tú me metiste en esto. No vas a ser quien imponga las reglas –se giró y fue a la cocina para vaciar el contenido de la copa en el fregadero–. Este vino es intragable. Te enseñaré a apreciar el buen vino.

–¿Y también me enseñarás a apreciar las joyas y el tipo de peinado que estimes decente? Dime, Dante, ¿qué otras cosas me enseñarás a apreciar? –cruzó los brazos bajo los pechos, grandes y turgentes, y Dante se sintió invadido por una corriente de calor imposible de ignorar.

El deseo por acariciarle los labios con el dedo y con la lengua era demasiado fuerte. Pero tenía que controlarse. Como siempre hacía.

Le echó un último vistazo a sus labios, carnosos, rosados y sugerentes.

–Esa pregunta es muy peligrosa, Paige –le dijo–. Muy, muy peligrosa.

Capítulo 4

SÍ, HABÍA sido una pregunta muy peligrosa. Pero Paige no se había percatado del peligro hasta que las palabras no salieron de su boca. Y estaba segura de que Dante no sospechaba cuánta verdad ocultaban ni cuántas enseñanzas iba a necesitar.

Oh, cielos...

Solo de pensar en ello le ardía todo el cuerpo. Y por eso no iba a pensar más en aquella distracción inútil.

Miró el reloj y se removió en el sillón. Genevieve ya estaba allí, jugando con Ana en la alfombra del salón. La pequeña había reconocido a su cuidadora casi al momento y parecía muy feliz con ella.

Paige suspiró y se dio cuenta de que estaba moviendo la pierna. Intentó tranquilizarse, pues el tic nervioso no encajaba muy bien con el largo vestido de seda que llevaba puesto.

Sí, se había puesto un vestido para ir a una cita. Algo que no había hecho desde... casi nunca. No era el tipo de chica que atrajera a los hombres. Era la extravagante, la divertida, la de las mechas rosas en el pelo... No se engalanaba para asistir a actos benéficos con multimillonarios. No se comprometía con ellos, ni se casaba con ellos tampoco. Pero todo eso había cambiado por culpa de una estúpida mentira de lo más inoportuna.

Cuando era niña, y hasta que entró en el instituto, siempre estaba diciendo tonterías y poniéndose en evidencia. Por esa razón había optado por ser la payasa de la clase en vez de intentar gustar a los chicos. Era mucho más fácil sucumbir a su naturaleza en vez de intentar ser algo que no era.

Llamaron a la puerta y Paige se puso rápidamente en pie, recogió el bolso y el chal y se agachó para besar a Ana en la cabeza.

–No volveré muy tarde –le dijo a Genevieve.

–No me extrañaría que no fuera así –respondió ella.

Paige sintió que se ponía roja como un tomate.

–No... volveremos tarde –tenía que hacer algo para controlar su rubor. No había ninguna razón para ruborizarse. Dante Romani no iba a violarla en el asiento trasero de su coche.

Se echó el chal morado sobre los hombros y se miró en el pequeño espejo del salón de camino a la puerta.

–¿Pensabas dejar que me congelara en la puerta? –le reprochó él al abrir.

–Estamos en San Diego. Aquí nadie se congela... Y hay calefacción en el rellano.

–Es una cuestión de principios.

–Tenía que despedirme de Ana. ¿Quieres verla?

Una mezcla de confusión, pánico y desgana cruzó el rostro de Dante.

–No.

–Oh, lo siento... A casi todo el mundo le gustan los niños pequeños y...

–No albergo el menor deseo de tenerlos. Ni siquiera sé por qué deberían gustarme.

–Porque son muy lindos y adorables.

–Sí, como las mascotas. Y tampoco quiero tener una mascota.

–Un bebé no es una mascota.

Dante se encogió de hombros.

–Por lo que a mí respecta, me da igual lo que sea.

Paige puso los ojos en blanco y pulsó el botón del ascensor.

–Bueno, espero que Ana y yo no te causemos demasiadas molestias cuando nos instalemos en tu casa, ya que no quieres tener esposa ni hijos.

–Es una casa muy grande –dijo él, aunque por su tono no parecía estar muy convencido.

Las puertas del ascensor se abrieron y pasaron al interior. Paige nunca se había percatado de lo pequeños que eran los ascensores hasta no compartir uno con Dante Romani, quien llenaba cualquier espacio con su imponente presencia.

No solo por su metro ochenta y pico de estatura y anchos hombros, sino también por el carisma y energía que irradiaba. Tan inalcanzable y desinteresado se mostraba que Paige sentía el irrefrenable deseo de llamar su atención, de despertar su interés, de hacerlo sonreír...

Se le daba bien hacer reír y sonreír a la gente y aliviar la tensión con chistes y bromas. Pero por lo visto no había aprendido la lección sobre los hombres inalcanzables.

A punto estuvo de hacer una broma, pero entonces sus miradas se encontraron y el aire abandonó sus pulmones. Los negros ojos de Dante la recorrieron de arriba abajo, haciéndole pensar en el diálogo de la noche anterior...

«¿Qué otras cosas me enseñarás a apreciar?».

Oh, no, no, no. De ninguna manera iba a seguir por ese camino. Nunca lo había hecho y no iba a empezar en esos momentos.

Además, Dante podía tener a cualquier mujer que deseara. ¿Por qué iba a sentir atracción por ella y sus mechas rosas?

Había crecido en un pueblo pequeño donde todos se conocían. Todos los chicos sabían que hablaba dema-

para mostrar una esmeralda en forma de pera rodeada de diamantes.

–Vaya... –imposible no quedarse anonadada ante un anillo semejante–. ¿Cómo sabías que me gustaba el verde?

–Por tu sombra de ojos.

–Oh...

–Pensé que encajaría contigo. No parece que los colores apagados sean lo tuyo.

–Pues... no, no mucho.

–Póntelo.

–¿Qué? Ah, sí –miró el anillo y sintió que se le encogía el pecho. ¿De verdad iba a hacerlo? ¿Iba a ponerse aquel anillo y asumir las consecuencias?

Sí. Sí, iba a hacerlo. Nunca había estado más segura de nada. Nunca había tenido un propósito tan claro en la vida. Quería y debía ser la mejor madre que Ana pudiera tener.

Respiró profundamente y agarró el anillo para deslizárselo en el dedo.

–Listo. Ya estamos comprometidos.

Él asintió lentamente y se recostó en el asiento. Era imposible saber lo que estaba pensando, en el caso de que estuviera pensando algo.

–¿Qué? –le preguntó ella.

–¿Qué pasa?

–Me preguntaba qué estarías pensando –¿en una rubia despampanante, tal vez, o en una hermosa y escultural morena?–. ¿No te parece... extraño todo esto? Apenas nos conocemos y... ¿tenías pensado contraer matrimonio alguna vez en tu vida?

–No –respondió él tajantemente.

–¿Ni siquiera con la persona adecuada?

–No existe la persona adecuada para mí... más que para un par de días o noches.

Dante miró a Paige y vio la confusión y la crítica en su rostro. Lo que acababa de decirle no era del todo cierto. Lo referido al matrimonio sí, pero no la forma en que se había referido a sus relaciones pasajeras. Por sus palabras parecía insinuar que vivía una pasión desaforada con las mujeres que pasaban por su vida.

Nada más lejos de la realidad.

Sus amantes habían sido mujeres tan ocupadas y reacias al compromiso como él. Con las modelos y actrices que lo acompañaban a los actos benéficos nunca se acostaba. Todas eran demasiado jóvenes, ingenuas y soñadoras. Las mujeres con las que se acostaba eran ante todo prácticas y realistas; solo querían un par de orgasmos, nada más. Y eso era lo único que recibían de él, sin fuegos artificiales ni promesas de amor eterno. La mera satisfacción de una necesidad básica.

Pero no había manera de explicárselo a Paige sin que sonara aún peor.

Nunca se había preocupado por lo que pensaran de él, a pesar de los interminables rumores que circulaban sobre el huérfano italiano, adoptado con catorce años por una anciana pareja para heredar un imperio comercial.

Sin embargo, había algo en los ojos de Paige que lo acuciaba a aclarar la imagen que se tenía de él. O al menos a excusarse.

–¿Y tú? –le preguntó para centrar la conversación en ella–. ¿Quieres casarte? Después de esto, quiero decir.

–Bueno... no pensaba en ello en estos momentos de mi vida.

–Todas las mujeres piensan en ello.

–Eso es generalizar mucho, y además no lo sabes. Yo no pensaba en casarme.

–¿Por qué no?

–Porque estoy demasiado ocupada intentando descubrir quién soy. En mi pueblo natal todos tenían una idea preconcebida de mí, de quién era y de lo que era capaz. No me refiero solo a mis padres, sino a todo el mundo. Me vine a vivir aquí para descubrirme a mí misma sin tener que responder a las expectativas de nadie.

—Una búsqueda muy noble —observó él. E interesante, teniendo en cuenta que él hacía lo mismo. Al menos a un nivel superficial. No tenía interés en encontrarse a sí mismo, significara lo que significara eso, pero la idea de cambiar las percepciones ajenas sí le resultaba muy sugerente.

—No tanto —dijo ella—. Es solo el deseo de ser vista como algo más que una imbécil redomada.

—No creo que la gente piense eso de ti.

—Pues lo hace. Me quitas el maquillaje, me recoges el pelo en una cola de caballo... y ya tenemos a la imbécil de turno. Y la verdad es que no creo haber evolucionado mucho... salvo que ahora presento una imagen más refinada.

—¿Refinada o llamativa?

—Sea como sea es muy eficaz para confundir a los demás, ¿no crees?

En muchos aspectos comprendía aquella filosofía. Con una compañía hermosa y radiante la gente no se percataría de lo poco que le gustaba acudir a actos públicos.

—Desde luego —admitió, fijándose en el anillo. Le agarró la mano y le acarició el dedo y la gema—. Esto debería servir.

Ella abrió los ojos como platos, separó ligeramente los labios y él supo que si intentaba besarla no encontraría resistencia. El deseo por hacerlo le abrasaba el estómago. En algún momento tendrían que besarse en público. Sería perfectamente razonable si lo intentaba allí... Pegar los labios a su boca, hundir la lengua en su interior y descubrir si su sabor era tan picante y explosivo como el resto de su persona.

Se apartó bruscamente y devolvió la atención móvil. No iba a besarla. No lo haría hasta que no fuera estrictamente necesario.

Siempre ejercía un control absoluto sobre su cuerpo y sus deseos. Y con Paige no iba a ser distinto. No cuando estaban jugando a un juego tan arriesgado.

Paige carraspeó tímidamente.

—Sí. Es muy... efectivo.

—Sí que lo es —murmuró él entre dientes.

«No puedes tomar más champán. Vas a hacer el ridículo».

Ya se había torcido el tobillo dos veces mientras daba vueltas por el elegante salón de baile con sus tacones de ocho centímetros. Ciertamente no estaba dando una imagen muy sofisticada como la flamante novia de Dante.

Pero todo había sucedido tan rápido que no había tenido tiempo para asimilarlo. Y por esa y otras razones sentía la imperiosa necesidad de tomar una copa.

Otra razón era el momento que había pasado con Dante en el coche, justo antes de llegar, cuando él clavó la mirada en su boca y un deseo ardiente se propagó por su cuerpo. El momento en que había hecho el ridículo al babear por un hombre que no tenía el menor interés en ella.

—¿Te diviertes, *cara mia?* —le preguntó Dante, apareciendo junto a ella con dos copas de champán. Le ofreció una y ella la aceptó, en contra de su voluntad.

—No estoy segura.

—¿No estás segura?

—Quiero decir que aquí no conozco a nadie aparte de ti y que no hago otra cosa que permanecer a tu lado con una sonrisa en la cara. Nadie habla conmigo y ya me duelen las mejillas.

–¿Las mejillas?

–De sonreír.

–Ah... Bueno, debo confesarte que mis parejas no vienen aquí por la conversación, de modo que todo el mundo estará pensando lo mismo de ti.

–¿Y para qué vienen? –quiso saber ella, aunque se imaginaba la respuesta. Por disfrutar de Dante en exclusiva acabado el acto.

–Por la publicidad. Nuestras fotos saldrán en todos los periódicos mañana por la mañana.

–¿De modo que las mujeres solo salen contigo para salir en la prensa?

–A riesgo de parecer arrogante, no creo que esa sea la única razón...

A Paige le dio un vuelco el corazón al pensar en las demás razones por las que una mujer salía con Dante.

–Ya... Seguro que tu agudo ingenio y arrolladora personalidad te han granjeado una multitud de citas y cenas románticas.

Él soltó una divertida carcajada.

–Yo no estaría tan seguro, pero gracias por tu voto de confianza.

–De nada. Es lo menos que puedo hacer, después de todo lo que haces por mí.

–Lo hago porque obtengo algo a cambio.

–Lo dices como si tuvieras que convencerte de que no lo haces por un afán altruista –repuso ella, lamentándose por las dos copas de champán que ya se había tomado.

–Nunca lo hago por eso.

–¿Y nunca lo harás?

–Nada se hace desinteresadamente, ni siquiera una obra benéfica como esta.

–Supongo que no –dijo ella, pensando en Ana y en lo mucho que la quería.

–¿Qué importa lo honorables que sean las motivaciones siempre y cuando nadie resulte perjudicado?

–Siempre pensé que sí importaba.

–Nadie consigue nada solo por tener buenas intenciones. En mi experiencia, las intenciones no importan para nada, y a veces ni siquiera las acciones. Lo que importa es lo que la gente crea.

–Eso sí que es cierto –admitió ella, pensando en la opinión que tenían de ella en su pueblo natal y en los servicios sociales.

Dante levantó su copa en un brindis.

–Por la reinvención.

Ella levantó también su copa, pero sin llegar a beber. Tenía que conservar la lucidez y controlar sus palabras.

–Puede que cuando todo esto haya terminado, tú y yo seamos personas completamente distintas. Al menos en tu caso.

Él sonrió. Pero no era una sonrisa amistosa, sino peligrosamente sensual.

–Tal vez...

Capítulo 5

PAIGE agarró el café con leche del mostrador y se despidió de su camarero favorito de camino a la puerta. Se detuvo un momento para ponerse las gafas de sol y tomar un sorbo mientras admiraba la luz de la tarde que caía sobre las palmeras. Entonces detectó un destello a su izquierda y se giró para mirar. Un fotógrafo sostenía la cámara en alto, sin molestarse en disimular.

—Disculpe... ¿podría no hacer eso? —le preguntó ella.

—¿Señorita Harper?

—¿Qué?

—¿Cuándo van a casarse usted y Dante Romani?

Paige se apretó el bolso con lentejuelas al costado y echó a andar por la acera con el corazón desbocado. Al mirar hacia atrás vio que el hombre seguía allí, haciéndole fotos. Como si estuviera fotografiando a un chimpancé en el zoo.

El bolso empezó a vibrar y sacó el móvil.

—¿Diga?

—Señorita Harper, soy Rebecca Addler, de los servicios sociales. Me gustaría hablar con usted sobre su caso.

Paige aceleró el paso para volver cuanto antes a la oficina. Con Ana e incluso con Dante. Ni siquiera sentía vergüenza por querer ocultarse detrás de él en esos momentos.

—Muy bien. Me alegra tener noticias suyas. ¿Qué hay del caso? —preguntó mientras entraba por las puertas giratorias al edificio Colson's.

–Vamos a tener que entrevistar a su prometido. Estará implicado en el proceso, naturalmente.

–Claro, por supuesto.

–Y Ana también sería hija suya...

Maldición. Paige había pasado por alto aquel detalle.

–Desde luego –murmuró con la garganta seca. Tomó un sorbo de café, pero solo le sirvió para quemarse la boca. Pulsó repetidamente el botón del ascensor y se metió en cuanto se abrieron las puertas.

–Nos gustaría tener una entrevista con ustedes dos.

–Naturalmente. Dante estará encantado de colaborar –como si Dante estuviera alguna vez encantado con algo.

–¿Qué le parece si nos vemos este viernes?

–¡Perfecto! –exclamó en un tono exageradamente animado.

El ascensor llegó a su planta, pero en vez de salir permaneció en el interior, pensando a toda prisa, y pulsó el botón para subir al piso de Dante.

Acabó la conversación con Rebecca y cuando las puertas se abrieron echó a correr hacia el despacho de Dante. Entró sin molestarse en llamar.

–Me han sacado cientos de fotos en la calle. Y luego me ha llamado Rebecca Addler y ha dicho que tienen que entrevistarnos a los dos juntos. Ah, y también deben hacer un estudio del hogar. Será en tu domicilio, pues en teoría es allí donde viviremos. Y vas a adoptar legalmente a Ana. Es lógico, pero no había pensado en ello hasta ahora y... y tengo miedo.

–No lo tengas –dijo él, levantándose del sillón y poniendo sus manos grandes y fuertes en la mesa. Ni siquiera parecía sorprendido por la irrupción de Paige en el despacho. Todo lo contrario. Estaba tan tranquilo y sereno como siempre.

Lo cual era injusto, porque a Paige se le iba a salir el corazón por la boca.

–¿Que no tenga miedo, dices?

–No. No hay motivos para ello. Cuando nos divorciemos te cederé íntegramente la custodia de Ana. Tienes mi palabra.

–Ah... –dejó escapar el aire que había estado conteniendo sin darse cuenta–. Eso hace que me sienta mejor.

–Me alegro.

–¿Y el estudio del hogar?

–Ana y tú deberíais mudaros a mi casa lo antes posible –lo dijo en un tono que sugería lo que realmente pensaba de ello.

–No parece que te entusiasme mucho la idea.

–Valoro mi propio espacio.

–Bueno, como tú mismo has dicho, es una casa grande. Seguro que no estaremos uno encima del otro.

Él arqueó una ceja y Paige se dio cuenta, horrorizada, del doble sentido que tenían sus palabras. Uno encima del otro...

Las mejillas le ardieron, un escalofrío le recorrió la piel, el corazón le golpeó con fuerza las costillas y... una inconfundible excitación sexual prendió en su interior.

Era una idiota. Una chistosa que solo servía para hacer de bufona de turno. Era incapaz de conseguir que la tomaran en serio, y por eso los chicos no intentaban tontear con ella.

Otra razón podía ser el corte que le hizo en la lengua a Michael Weston con su corrector dental cuando él intentó enrollarse con ella en una fiesta. Desde aquel momento nadie había querido besarla, y cuando alguien le insinuaba algo solo era para burlarse de ella.

Recordar aquellos tiempos le servía, al menos, para relativizar cualquier otra situación incómoda. Porque nada, absolutamente nada, podía ser peor que encontrarse con un chico bajo las gradas tras la ceremonia de graduación, que este le bajara el vestido y la empujara al campo para que el resto de compañeros le arrojaran huevos y le sacaran fotos. Suficiente para abjurar de los chicos y las citas durante una buena temporada...

Como consecuencia, no sabía cómo tratar a los hombres a menos que fueran colegas. Y Dante no era precisamente un colega.

—Sabes a lo que me refiero. No me mires así.

—¿Así cómo?

—Ya sabes... —murmuró ella, entornando la mirada.

—En cuanto a la entrevista con los servicios sociales... —dijo él, cambiando de tema.

—¿Qué pasa con eso?

—No veo dónde está el problema.

—Espero que mejores tu carácter para entonces.

—Y yo espero que temples el tuyo.

—¿Por qué? ¿Es que una persona alegre y risueña no puede ser una buena madre? ¿Tengo que ser más desagradable?

—¿Insinúas que soy desagradable?

—Tu cara lo dice todo.

—Vas a tener que guardarte tus pullas delante de la trabajadora social. Es más, deberías recordar que sigo siendo tu jefe y abstenerte de reprocharme nada.

Ella se mordió el labio.

—Sí, eso sería...

—Y no te muerdas el labio así —se inclinó y le puso una mano bajo la barbilla.

Paige despegó lentamente los dientes del labio. El corazón le latía frenéticamente y las mariposas revoloteaban en su estómago. Se sentía como si estuviera hipnotizada, incapaz de apartar la vista de aquel hombre increíblemente atractivo.

—Lo intentaré —accedió, sin saber muy bien por qué lo daba su brazo a torcer. Debería rebelarse contra aquel hombre tan prepotente y autoritario, pero le resultaba imposible. Tal vez porque la estaba tocando, algo que los hombres no tenían costumbre de hacer con ella.

–Bien. Y también tendrás que evitar ponerte colorada cada vez que me acerco a ti.

–Yo no me pongo colorada –protestó ella.

–No he conocido a ninguna mujer que se ponga más colorada que tú.

–Tengo la piel muy blanca. Así se nota más.

–Ya... Aun así, si estamos comprometidos no puedes ponerte como un tomate cada vez que te rozo. A no ser que... –rodeó la mesa y se acercó a ella– estés imaginando otra cosa.

Su voz cambió, más áspera y profunda, y también lo hizo su expresión. A Paige ningún hombre la había mirado así jamás. Ni muchísimo menos.

Quiso decir algo para aliviar la tensión. Cualquier tontería graciosa que rompiera el hechizo. Pero no podía. Y una parte de ella tampoco quería. Quería seguir allí y que Dante Romani siguiera mirándola como si fuera la mujer más fascinante que hubiera visto.

–Su... supongo –admitió. Bajó la mirada e intentó recuperar el aliento, pero al verle las manos se puso aún más nerviosa–. No basta con actuar. También hay que pensar de otra manera, ¿no?

–Algo así –agarró el teléfono y marcó un número–. Trevor, necesito que contrates un servicio de mudanza para llevar las cosas de Paige a mi casa. Solo las cosas del bebé y los objetos personales, nada de muebles. Y que todo esté listo para hoy.

–¿Acabas de desahuciarme? –le preguntó ella cuando colgó.

–Conservarás tu apartamento, pues supongo que querrás volver a ocuparlo.

–Sí, eso está claro. Pero ¿qué pasará con él mientras tanto?

–Nada. Yo pagaré el alquiler mientras estés en mi casa.

–¡El alquiler es cosa mía! Nunca he tenido problemas para pagarlo.

–Puedo permitírmelo –repuso él con indiferencia–. No veo dónde está el problema.

–¡Lo pago yo!

–No seas cabezota.

–¿Yo? ¿Cabezota yo? Esta sí que es buena...

–Viendo cómo discutimos van a creerse que llevamos veinte años casados.

–¿Y qué esperas, si me sacas de mis casillas?

–Pues tendrás que acostumbrarte, cara. Recuerda que te lo has buscado tú solita. A mí jamás se me hubiera ocurrido buscarte –sus palabras la hicieron estremecerse–. Me habría aprovechado de la situación, sí, pero no hubiera recurrido a ti. Eres del todo inapropiada.

A Paige le escocieron los ojos al intentar contener las lágrimas.

–¿Inapropiada? ¿Por... por qué?

No debería haberlo preguntado. No cuando no quería saberlo.

–¿Soy yo apropiado para ti? –le preguntó él con incredulidad.

–No. Eres un hombre odioso que no sabe ni reírse.

Él dio un paso hacia ella.

–Y tú eres una irresponsable atolondrada que no sabe hacer nada a derechas.

–No debo ser tan mala si aún no me has despedido... Sé hacer mi trabajo.

–Igual que todas mis empleadas, pero eso no las convierte en buenas esposas.

Ella también avanzó hacia él, echándose el pelo sobre los hombros.

–Estoy segura de que opinan lo mismo de ti.

Él le agarró el mechón rosado entre los dedos.

—Jamás me habría acercado a una mujer con el pelo rosa.

Ella se puso de puntillas para intentar estar a su altura.

—Y yo jamás me habría acercado a un hombre más estirado que el sueldo de un camarero.

Sin previo aviso, él la rodeó por la cintura y la estrechó contra su cuerpo. Ella gritó al verse con sus pechos aplastados contra la recia pared de músculo.

—Así que te parezco demasiado serio, ¿eh?

Ella asintió, incapaz de hablar.

—Y que no sé cómo divertirme... —le acarició la espalda con la punta de los dedos, provocándole una corriente eléctrica por todo el cuerpo.

—Sí...

Él agachó la cabeza hasta casi tocarle la mejilla con los labios.

—Creo que te llevarías una sorpresa...

Paige estaba temblando y a punto de derrumbarse. Ningún hombre la había abrazado antes de aquella manera, con tanta fuerza y determinación. Ningún hombre la había hecho sentirse tan deseada...

Y ninguno le había despertado un deseo tan fuerte de besarlo, a pesar de esa actitud despótica y engreída que la sacaba de quicio.

Dante la soltó con tanta brusquedad que ella se tambaleó hacia atrás. Intentó recuperar el aliento y lo miró fijamente, tratando de adivinar lo que pensaba o sentía.

Pero Dante conservaba la misma compostura que siempre, como si no la hubiera tenido en sus brazos y no la hubiese apretado contra su pecho.

—Será mejor que busques la manera de perdonarme —le dijo. Y fue entonces cuando Paige supo que también él estaba aturdido, porque su voz delataba la falta de control—. Porque al final del día vas a mudarte a mi casa.

Capítulo 6

L A RESIDENCIA de Dante era su posesión más preciada. Estaba rodeada por una extensión de césped impecablemente cuidado y era una obra maestra de arquitectura moderna, con un diseño abierto y diáfano, unos ventanales que ofrecían una vista espectacular del océano y todo amueblado y decorado en blanco, como reflejo del control absoluto que Dante ejercía sobre su vida.

Pero al ver a Paige cruzando el umbral con sus altos tacones y una niña chorreando baba, sintió una punzada de pánico en el estómago.

–Es... –dijo ella con voz ahogada mientras miraba a su alrededor–. Es increíble. Nunca había visto nada igual.

–La construí hace cinco años, poco después de que la empresa pasara a mis manos.

–Creo que a la trabajadora social le gustará más esta casa que la mía...

–Le he pedido al ama de llaves que prepare el cuarto de Ana.

–¿El cuarto de Ana?

Dante suspiró con exasperación.

–¿Creías que os iba a meter en el sótano para no cruzarme con vosotras?

–No sé... Tenemos que hablar de todo esto con más detalle.

–Estoy de acuerdo. Por eso vamos a cenar juntos.

–Oh...

–No tendrás que preocuparte de contratar a una niñera. Ven conmigo –subió las escaleras y recorrió el pasillo, oyendo los pasos de Paige tras él, lentos y metódicos. Se giró y la vio admirando los cuadros–. ¿Qué pasa?

–Son preciosos... Tienes un gusto exquisito.

–¿Exquisito? Por lo general no recibo ese tipo de halagos.

–Pues en este caso te lo mereces. Voy a necesitar mucho tiempo para examinarlos al detalle.

–¿Te gusta el arte?

Ella sonrió, haciendo que le resplandeciera el rostro.

–Me encanta. Y no solo decorar escaparates. También pinto y hago un poco de escultura. Era la única asignatura que me gustaba en la escuela. Por desgracia, no era suficiente para graduarse.

–Supongo –el entusiasmo que demostraba por unos cuadros en los que él apenas se fijaba resultaba casi contagioso. No se parecía en nada al resto de personas que conocía. Paige era abierta y sincera, y no ocultaba esa pasión desbordada que sentía por cualquier cosa.

A Dante lo desafiaba constantemente, cosa que nadie más hacía. Ponía a prueba su paciencia y lo llevaba al límite de su autocontrol. Era una tentación extremadamente peligrosa, pero no cedería a ella. Lo que no perdió el día que murió su madre se había apagado durante los ocho años que pasó en acogida temporal.

–Este es el cuarto de Ana –dijo, intentando redirigir sus pensamientos mientras señalaba una puerta a la izquierda. Al abrirla experimentó una extraña sensación, como si aquella puerta diera acceso a los recuerdos de su infancia.

Todo estaba preparado e impoluto. La cama había sido reemplazada por una cuna de madera oscura con mantas rosas. Había una mecedora, una cómoda y un armario lleno de ropita rosa.

–Oh... –Paige emitió un sonido ahogado–. Mira, Ana. Es tu cuarto...

A Dante se le formó un nudo en el pecho al ver con que entusiasmo le enseñaba la habitación a su hija. ¿Cómo se podía dudar de que fuera una buena madre? Él apenas recordaba a su madre biológica, ya que esos recuerdos sacarían a la luz otros que prefería mantener guardados bajo llave.

Mary Colson, su madre adoptiva, había sido una presencia firme y constante en su vida. Tanto ella como Don habían invertido en él y en su educación, guiándolo por el sendero al éxito. Él les estaba muy agradecido, pero por un momento se preguntó si alguna vez lo habían mirado como Paige estaba mirando a Ana.

No importaba. Ya no era un niño y no necesitaba muestras de emoción. Era mejor evitarlas, aunque la presencia de Paige lo hacía difícil, siendo un torrente de inagotable energía.

—Gracias —le dijo ella con un brillo en los ojos.

—No me las des —respondió él, intentando deshacer el nudo del pecho—. Esto no es nada permanente, así que no te acostumbres demasiado.

Ella parpadeó, visiblemente dolorida. Tan genuina y transparente como siempre. ¿Acaso aquella mujer no tenía sentido común ni sabía cómo defenderse de los golpes?

—Ya... ya lo sé, pero es que me he emocionado al ver todo esto y...

—Relájate, Paige —le aconsejó él—. Respira hondo.

Ella cerró la boca, pero sus ojos seguían llenos de pesar.

—Lo siento —dijo él. Casi nunca pedía disculpas por nada, pero el efecto fue inmediato. El rostro de Paige volvió a iluminarse.

—Esto es incómodo para todos, pero... intento sacarle partido a la situación, y no es tan horrible vivir en una mansión junto al mar.

–Puede que no pienses lo mismo cuando oigas lo que tengo que decir.

–¿Qué? ¿Voy a tener que dormir en el sótano? No, ya me has dicho que no. ¿Mi ventana da a una playa nudista? ¿O...?

–Vamos a tener que aparentar que compartimos habitación.

–¿Cómo dices?

–Vamos, Paige, no seas tan ingenua. Si vivimos juntos es lógico que durmamos en la misma habitación y en la misma cama.

Ella se mordió el labio.

–No sé... ¿Y los valores tradicionales?

–¿Los respeta alguien hoy en día?

–Mi trabajadora social, al menos. Quiere que Ana tenga un padre y una madre.

–Y eso es lo que debemos hacerle creer. A ella y también a mi personal. Lo último que necesito es que algún rumor se filtre a la prensa. Una cosa es mantener una farsa en privado, pero no estoy dispuesto a ser humillado en público.

–Yo tampoco, y mientras no tenga que dormir contigo no tengo inconveniente en guardar mi ropa en tu armario.

A Dante no le hacía ninguna gracia tener que compartir su espacio. Nunca había vivido con una mujer ni había tenido ropa femenina entre sus trajes. Y sin embargo no era ese detalle el que inquietaba a Paige...

–Eres la primera mujer que conozco que se muestra tan reacia a la idea de acostarse conmigo que me lo recuerda cada dos por tres.

–No, yo solo estaba... –las mejillas se le volvieron a cubrir de rubor.

–Cualquiera podría pensar que protestas demasiado –avanzó hacia ella y Paige se apretó a Ana contra el pecho como si fuera un escudo.

–¡Eso no es verdad! Protesto lo que protestaría cualquier mujer a lo que no le interese tener una aventura con un playboy.

–¿Un playboy? ¿Eso es lo que soy para ti?

–Cambias más de amante que de calcetines.

–Las mujeres que me acompañaban a los actos públicos no son mis amantes. Con mis amantes soy mucho más discreto y selectivo.

Paige carraspeó.

–Perfecto, si eres tan selectivo como dices no tengo nada de qué preocuparme.

Paige sintió que se derretía bajo la intensa mirada de Dante. No sabía qué la había acuciado a provocarlo de aquella manera, sabiendo el poco atractivo sexual que tenía para los hombres.

El problema no era su aspecto ni su ropa. Había salido con algunos hombres desde que se trasladó a San Diego. Pero cuando alguno parecía ir en serio le entraba el pánico. La idea de volver a estropearlo todo, de desear a alguien que al final no la deseara realmente... era demasiado dolorosa como para querer arriesgarse. Era más prudente encontrar su camino y esperar que apareciera el hombre adecuado. Un hombre que no se parecería en nada a Dante Romani...

–¿Eso crees? –le preguntó él. Su expresión había cambiado y un extraño brillo ardía en sus ojos.

–Bueno, es... obvio –se le había secado la garganta–. Soy... soy...

–Atractiva.

–¿Incluso con las mechas rosas?

–Cada vez me gustan más.

–En ese caso tendré que teñírmelas enseguida.

–Veo que te gusta ponerlo difícil.

Ella se encogió de hombros.

–Admito que me gusta llevar la contrario de vez en cuando.

–Y a mí me gusta un reto.

–Yo no soy un reto –estaba tan nerviosa que empezó a temblar como un flan.

–¿No?

–No. Un reto es una especie de juego, y a mí no me gustan los juegos. Lo que ves es lo que hay.

–Ya lo he notado. Pero no quería decir que vaya a jugar contigo.

–¿No?

Él negó con la cabeza, mirándola fijamente.

–Yo no juego.

Paige intentó tragar saliva, pero se lo impedía el nudo de la garganta.

–Bien... Yo tampoco.

Él se rio suavemente.

–Tenía la impresión de que solo te gustaba jugar.

–¿Y de dónde sacaste esa idea? Entre mi trabajo y Ana no me queda tiempo para nada.

–Supongo que tienes razón. Pero por tu forma de hablar y comportarte pareces una persona... feliz.

Ella soltó una fuerte carcajada.

–Bueno, mi vida no es perfecta pero... supongo que en general sí soy feliz –examinó el rostro de Dante unos segundos–. ¿Y tú lo eres?

Él se encogió de hombros.

–No sé qué significa realmente ser feliz. Me siento... satisfecho.

–Satisfecho –repitió ella acariciando la espalda de Ana–. ¿Por qué conformarse con tan poco?

–Porque las emociones son peligrosas. Tú aún no te has dado cuenta, Paige, pero es la verdad –su voz era áspera y extrañamente intensa–. Si pierdes el control de las emociones acabarán dominándote. Y eso es del todo inaceptable. Vamos, te enseñaré tu habitación.

Capítulo 7

Cuando acuestes a Ana, baja a cenar al comedor.
Paige volvió a leer la nota que Dante le había dejado.
¿Por qué una nota? Tendría que enseñarle a escribir
mensajes de texto. O mejor aún, a hablar cara a cara
cuando se vivía bajo el mismo techo.

Tras ducharse, ponerse un vestido minúsculo y pin-
tarse los labios de fucsia, pasó por el cuarto de Ana para
asegurarse de que estaba durmiendo y bajó los escalones de dos en dos, impaciente por oír lo que Dante tenía
que decirle.

¿Intentaría provocarla o coquetear con ella? No, de
eso nada. No había razón alguna para que intentara se-
ducirla.

Tan absorta estaba en sus pensamientos que casi tro-
pezó en el último escalón.

—Con cuidado.

Levantó la mirada y el corazón le dio un vuelco al
ver a Dante en la puerta del comedor, impecablemente
vestido con una camisa blanca cuyo cuello abierto dejaba atisbar el vello del pecho y unos pantalones negros
que realzaban su esbelta cintura y fuertes muslos.

¿Desde cuándo se fijaba ella en los muslos de un
hombre?

—Me gusta hacer una entrada —dijo con una sonrisa
para rebajar la tensión, intentando no ruborizarse.

—Y se te da muy bien hacerlo —comentó él. Se acercó
a ella y le puso una mano en la parte inferior de la es-

palda para hacerla avanzar. El roce le prendió llamas por todo el cuerpo y a punto estuvo de dar un traspié.

Ahogó un gemido al ver la mesa, preparada con un surtido de suculentas viandas y velas encendidas, como si fuera una cita de verdad. Pero sabía muy bien que no lo era. Dante no tenía el menor interés personal en ella, y a ella le parecía perfecto al no tener el tiempo ni la predisposición necesarios.

Dante le retiró la silla, pero ella se quedó de pie, sorprendida.

—¿No quieres sentarte?

—Eh... sí. Es que no estoy acostumbrada a que los hombres me retiren la silla.

—Deberías relacionarte con hombres mejores.

—O con hombres en general —se sentó y se sirvió un poco de salmón mientras Dante ocupaba su asiento—. ¿Quieres hablar?

—No sé si quiero, pero debemos hacerlo. Si vamos a ser pareja tenemos que conocernos el uno al otro.

—¿Y qué propones para conocernos?

—No propongo que nos conozcamos, sino que sepamos cosas el uno del otro. Es algo muy diferente.

—Menos personal...

—Mucho menos personal —agarró un rollo con unos palillos—. ¿De dónde eres?

—De Silver Creek, Oregon. Un pequeño pueblo donde todo el mundo se conoce, como si fuera una gran familia.

—Por eso te fuiste.

—Sí. A cualquier lugar donde nadie me conozca —y donde nadie la viera como una fracasada, incapaz de hacer nada bien—. ¿Y tú, de dónde eres?

—Nací en Roma, pero nos trasladamos a Los Ángeles. Y cuando mi madre murió entré en el sistema de acogida —lo dijo sin la menor emoción, como si fuera un discurso mil veces ensayado–. Pasé varios años de una familia a otra hasta que los Colson me adoptaron.

–Todo eso lo habría averiguado leyendo tu biografía en internet.

–¿Pero la has leído?

–No.

–Entonces tenía que contártelo.

–Muy bien, ya lo has hecho. ¿Qué más necesito saber?

Dante colocó un plato cubierto delante de cada uno. Ella destapó el suyo y se deleitó con el olor del pescado.

–¿Qué signo eres? –le preguntó él.

–No tengo ni idea –confesó ella, riendo–. No creo en esas tonterías.

–Me sorprende.

–¿Por qué?

–Porque eres un espíritu libre. Y una artista.

–Entiendo... Pues siento mucho decepcionarte. ¿Cuál es tu color favorito?

–No tengo.

–Todo el mundo tiene un color favorito.

–¿Cuál es el tuyo?

–Bueno, soy una artista y tengo una relación muy estrecha con el color. Me gustan los colores fríos, muy relajantes, y también los colores cálidos, llenos de pasión y energía. De modo que mi color favorito es... el brillo.

–Eso no es un color –dijo él, riendo.

–Claro que sí. Soy una experta, ¿recuerdas? Igual que tú lo eres en marketing y publicidad. ¿Tienes hermanos?

–No, ¿y tú?

–Dos. Mi hermana es pediatra y mi hermano juega de *quarterback* en los Seahawk.

–Impresionante... ¿Y cómo acabaste dedicándote al arte?

Paige reprimió la vergüenza que siempre sentía al hablar de Jack y Emma. Los dos merecían tener éxito, y lo habían conseguido gracias a su talento y esfuerzo. Pero a Paige no le gustaba compararse con ellos y sus logros.

–Siempre me ha interesado. Empecé a dibujar y pintar desde muy pequeña.

–¿Lo estudiaste en la universidad?

–No –respondió con el tono más despreocupado que pudo–. Nunca me gustó estudiar. No era lo mío.

–¿Y qué pensaban de eso tus padres?

–¿Quieres que me tumbe en el diván antes de seguir?

–Solo es una pregunta.

–Bueno... nunca se tomaron en serio mis intereses. Mis notas eran bastante mediocres y mis padres ya se gastaban una fortuna en Jack y Emma. No querían pagarme unos estudios cuando sabían que no me emplearía a fondo. Así que entre todos tomamos la decisión de que no fuera a la universidad.

–¿Entre todos?

–Quiero decir, tal vez hubiera ido si ellos...

–Pero no lo hicieron.

–No.

–¿Deberíamos hablarles de la boda a tus padres?

El cambio de tema la descolocó momentáneamente.

–No... es mejor que esto no salga de tu círculo. Y además, no creo que aprobaran lo de Ana.

–¿No aprueban su adopción?

Paige se encogió de hombros y se concentró en la comida.

–Todavía no les he dicho nada, y será mejor si espero hasta que todo esté solucionado –el miedo le oprimía la garganta con una tenaza de hielo–. Por si no sale bien.

–Saldrá bien –dijo él con una convicción absoluta–.

La prensa jugará a tu favor. Los servicios sociales no se atreverán a negarle la adopción a una cuidadora nata y que el escándalo salga en los periódicos.

–Puede que tengas razón. Pero... ¿qué ganas tú realmente con todo esto? Nada me garantiza que no vayas a echarte atrás. Dijiste que esta publicidad sería beneficiosa para tus negocios, pero realmente no te hace falta.

–Vi una oportunidad y decidí aprovecharla. Tenía dos opciones: hacer lo que se esperaba de mí y enfrentarme a los ataques de la prensa o... intentar cambiar las cosas.

–¿Ya está? Porque si esa es tu única motivación no me quedo especialmente tranquila.

La mirada de Dante se endureció.

–Has de saber una cosa: cuando digo que voy a hacer algo, lo hago. No hay vuelta atrás.

Lo dijo con tanta vehemencia y seguridad que Paige no tuvo más remedio que creerlo.

Aquella noche, como siempre antes de irse a la cama, Dante colgó esmeradamente la camisa en el armario y fue al baño. Allí apoyó las manos en el lavabo y se miró en el espejo, cosa que rara vez hacía. No tenía sentido hacerlo, pero se preguntaba qué verían los demás.

Se rio amargamente y se echó agua fría en la cara. Sabía muy bien lo que pensaban de él. Los blogs sociales estaban llenos de comentarios bastante explícitos sobre su persona.

Sexy, pero de mirada vacía.

Amoral.

Bastardo italiano.

Impostor.

Sí, sabía cómo lo veían los demás. Y no le importaba. No porque él se aceptara tal y como era, sino porque realmente no tenía importancia.

«Un hombre hace su propio destino. Si tiene el control sobre sí mismo, puede controlar todo cuanto lo rodea».

Las palabras de Don Colson, el hombre a quien nunca se sintió digno de llamar «padre». La única persona que lo había inspirado para ser mejor persona.

El control era la clave. El medio para ser como Don Colson y romper definitivamente con su padre biológico... el hombre que había derramado la sangre de su madre y cuya sangre corría por sus venas.

Cerró el grifo y volvió a la habitación. La puerta del dormitorio se abrió y apareció Paige, quien se detuvo en seco y soltó un grito ahogado al verlo.

–Creía que estabas... no dijiste que tuviera que llamar y tenía que recoger mi pijama... Volveré más tarde.

A Dante le costó un momento darse cuenta de que le estaba mirando el pecho desnudo. Sintió una extraña satisfacción al saber que no era inmune a sus encantos, por mucho que repitiera no querer acostarse con él.

–Tranquila, puedes entrar por tu pijama. No me importa.

–Está bien –entró en la habitación y se dirigió rápidamente hacia el armario. Dante vio cómo rebuscaba frenéticamente en el rincón que le había dejado para sus cosas–. Ya está –dijo al cabo de un rato, aferrando unos pantalones de franela y una camiseta blanca contra el pecho–. Me voy.

Pero Dante no quería que se fuera. Si se marchaba, él se quedaría a solas con sus pensamientos, y aquella noche no eran muy tranquilizadores.

–No me imaginaba un pijama así –dijo, alargando la mano para agarrar la franela entre los dedos.

–¿No? –el pecho le oscilaba agitadamente, delatando sus nervios.

–No. Imaginaba algo más diáfano y vaporoso. Brillante...

–¿Y zapatillas con tacones y plumas? –preguntó ella con voz temblorosa.

–Y una diadema –dio un paso hacia ella, con la sangre hirviéndole en las venas. Aquella noche estaba pensando demasiado, y estar cerca de Paige lo animaba a actuar más y pensar menos.

Levantó las manos y le acarició el pómulo con un dedo. Ella abrió la boca en una mueca de asombro.

Sí, definitivamente aquello era mucho más sencillo.

Le rodeó la nuca con la mano mientras seguía acariciándole el rostro con el pulgar.

–Aunque este pijama también tiene su encanto... así como el vestido que llevas puesto.

–Da... Dante...

–Si vamos a ser pareja y acudir juntos a actos y entrevistas, tendrás que aparentar sentirte cómoda si te toco.

–Me siento cómoda –su tono, exageradamente agudo, demostraba que estaba mintiendo.

Tampoco él se sentía cómodo. Estaba temblando, duro como una piedra e incapaz de sofocar el deseo salvaje que lo dominaba.

Sin pensar en las consecuencias, sin preocuparse por ser delicado y sin preguntarle nada más a Paige, inclinó la cabeza y la besó en los labios. Sintió su calor y vitalidad y cómo lo llenaba con su aliento, y el estómago le dio un vuelco al oír el débil gemido que brotó de su garganta.

Mantuvo la mano en su nuca y con el otro brazo la rodeó por la cintura. Los brazos de Paige quedaron atrapados entre ambos, aferrando el pijama e impidiendo el contacto de los cuerpos.

Él le quitó la ropa de las manos y las tiró al suelo, y ella extendió las palmas sobre su pecho desnudo. Sus manos eran cálidas y prendieron una ola de calor por toda su piel.

Le acarició el labio inferior con la lengua y ella abrió la boca para ofrecerse. Sintió que se hundía en ella, ahogándose en la perdición más absoluta. No se dio cuenta de que había empezado a moverse hasta que Paige chocó de espaldas contra la pared. Estaba atrapada entre la dura superficie y él, con los pechos aplastados contra su torso. Dante intensificó el beso, ávido por tomarlo todo. Por un momento pensó que ella iba a apartarlo, pero él necesitaba más, mucho más. Continuó besándola, devorándola con un apetito insaciable, hasta que ella se relajó y subió las manos hasta su cuello.

Sí...

El corazón le latía furiosamente y estaba empapado de sudor. Ella le clavó las uñas en el cuello y se apretó contra él, de manera que la creciente erección de Dante quedó pegada a su estómago.

No había lugar para la razón. La lengua ardiente y húmeda de Paige y sus gemidos ahogados barrían cualquier pensamiento. Dante veía destellos de luz a pesar de tener los ojos cerrados, y un deseo cada vez más fuerte por poseerla se apoderaba de él.

Sería muy fácil subirle el vestido, bajarle las braguitas e introducirse en ella para encontrar la liberación definitiva.

Pero él no actuaba así. Jamás. No podía permitírselo. Nunca sucumbiría a la oscuridad que acechaba en su interior. A esa bestia escondida a la que tanto temía y odiaba.

Ignorando las protestas de su cuerpo, consiguió apartarse.

—Lo siento —dijo con la voz entrecortada.

–¿Por qué? –preguntó ella, aturdida y confusa.

–Esto no debería haber pasado –no tenía excusa. La pérdida de control era totalmente injustificable. ¿Cómo podía valerse de Paige para sanar sus heridas hasta el punto de perder la cabeza?

–Entiendo –murmuró ella. Se agachó para recoger su ropa con movimientos bruscos y torpes. Parecía muy disgustada.

–¿Crees que ha sido buena idea? –le preguntó él, todavía excitado y frustrado.

–¿Qué? Ah... –se levantó e hizo un gesto para quitarle importancia–. Solo ha sido un beso, nada más. Un simple roce de labios y lenguas. Nada del otro mundo... Me marcho –salió de la habitación y cerró tras ella.

Dante se quitó el cinturón, lo tiró al suelo y entró en el baño. Abrió el grifo de la ducha y se desnudó para meterse bajo el chorro de agua helada. No porque quisiera enfriar la temperatura de su cuerpo, sino como castigo por perder el control.

No volvería a ocurrir.

Paige se apoyó en la puerta de su habitación. El corazón seguía latiéndole con fuerza y los labios aún le ardían. ¿Solo un beso? ¿Nada del otro mundo? Cada vez se le daba mejor mentir...

Nunca la habían besado de aquella manera. Y menos un hombre como Dante, a quien, lógicamente, le había parecido un error. Por supuesto que había sido una equivocación. ¿Qué otra cosa podía ser? Un hombre como él jamás querría besar a una mujer como ella. A pesar del maquillaje y las lentejuelas seguía siendo la chica torpe y patética del instituto.

Se puso el pijama lo más rápidamente posible e intentó ignorar el roce de la tela. Tenía la piel ultrasensible después de que Dante la hubiera dejado ardiendo. El recuerdo del beso la hacía sentirse aún más humillada. Se había abandonado impúdicamente al deseo que Dante le despertaba, pero para él solo había sido una equivocación. No la deseaba de verdad. Con otra mujer no se hubiera detenido.

Para calmarse, fue a ver su hija. No necesitaba un parentesco de sangre ni un documento legal para sentir que Ana era suya. Lo era, en pleno sentido de la palabra.

Al verla durmiendo tranquilamente en la cuna, volvió a sentirse invadida por un amor y una responsabilidad abrumadores. Nunca había triunfado en nada. Pero no podía fallarle a su hija.

Dante Romani solo era un medio para conseguir un fin. Por muy apasionados que fueran sus besos, no podía dejar que la distrajera de su propósito.

Y eso significaba que no podían besarse... a menos que fuera estrictamente necesario para guardar las apariencias ante la prensa o los servicios sociales.

Capítulo 8

DURANTE los siguientes días Paige consiguió evitar a Dante... todo lo que se podía evitar a alguien con quien se compartía casa y coche para ir al trabajo.

Tenía un cuidado extremo al entrar en su habitación en busca de ropa. No porque tuviera miedo de él, sino porque lo tenía de sí misma.

El beso le había gustado mucho, demasiado, y corría el serio peligro de que el deseo la dominara. Ella no perdía la cabeza por ningún hombre, pues el deseo solo acababa en una amarga decepción o incluso en una terrible humillación. No tenía sentido anhelar lo que no podía tener.

Y además no tenía tiempo para preocuparse por sus hormonas revolucionadas. Debía concentrarse exclusivamente en Ana.

Gruñó al entrar en su despacho y se puso a rebuscar en la caja de adornos. Seleccionó unos cuantos y los llevó al espacio que se había despejado al fondo de la habitación. Estaba iluminado por el sol y era idóneo para imaginarse cómo relucirían los adornos en los escaparates de Colson's durante la temporada navideña. Los diseños navideños la ocupaban casi todo el año, pues cada año debían ser más grandes, más vistosos y más elaborados. Y a ella le encantaba el desafío.

Tenía un marco de madera de la misma forma y tamaño que las ventanas de Colson's. Agarró un sedal y empezó a colgar los adornos del travesaño superior. Los objetos reflejaban la luz del sol, pero no era suficiente. Tenían que relucir con tanta fuerza que a ningún transeúnte le pasaran desapercibidos.

Buscó en la caja y encontró unos botes de purpurina plateada y dorada y unas gemas moradas. Lo añadió todo al conjunto y el resultado final fue mucho mejor. Los adornos parecían arder al recibir los rayos de sol y quedarían perfectos bajo la iluminación de los escaparates.

Se sacudió las manos en sus vaqueros negros y torció el gesto al mancharse los muslos de purpurina.

–Has trabajado muy duro.

Se giró al oír la voz de Dante e intentó ignorar los frenéticos latidos de su corazón.

–Oh, no sé... ¿Es lo mismo estar trabajando duro que a duras penas trabajando? –bromeó, sin saber muy bien por qué se empeñaba en infravalorar su trabajo.

–Me gusta –dijo él, acercándose a la zona de trabajo.

–No está acabado. Faltan los maniquíes y unos cincuenta colgantes más. Nieve, un árbol de Navidad... Esto es solo para uno de los escaparates laterales. El escaparate principal va a ser fantástico.

–Me lo imagino.

–Me estoy dejando la piel en el encargo –afirmó, más para ella que para él.

–Lo sé, Paige. De lo contrario no estarías trabajando para nosotros. Esta será nuestra tercera Navidad contigo, y todo el mundo alaba la calidad de los decorados desde entonces.

–Gracias...

–Háblame del escaparate principal.

–Se llamará Visiones de caramelo y será un conjunto de fantasías navideñas, como si brotaran de un sueño con neblina, luces y carámbanos.

–¿Será igual en todas las tiendas?

–Creo que debería ser distinto en cada centro. Al menos en los grandes centros comerciales de París, Nueva York, Berlín, etc. De esa manera cada uno se convertirá en una atracción.

–¿Cuentas con el presupuesto necesario?

–Pues... ahora que lo dices, necesitaría un pequeño aumento.

–Me lo suponía. ¿Cuánto necesitas?

Ella le dio una cifra de varios miles de dólares.

–De acuerdo –aceptó él sin pestañear–. Si es lo que necesitas, lo tendrás.

–Gracias.

Entonces lo miró realmente desde que él había entrado. Era como mirar el sol, tan hermoso y fulgurante que hacía daño a la vista. Tan lejano e inalcanzable como un astro...

Una tristeza infinita la invadió, pero solo por unos breves instantes. No tenía tiempo para pensar en Dante ni en la atracción que sentía por él.

–¿Listo para la entrevista?

–Claro –respondió él con un tono nada convincente. Algo extraño, porque si un rasgo caracterizaba a Dante era ser convincente.

–¿Qué te preocupa?

Él arqueó una ceja.

–No me preocupa nada, *cara mia*.

–¿Nunca?

–No.

–¿Y por qué te dedicas a los negocios? Te iría mejor si impartieras cursos de autoayuda.

Él se rio.

–No creo que esté en posición de decirle a la gente cómo mejorar. Simplemente se me da bien ignorar todo aquello que no me interesa.

–Sí, a mí también.

–Ya tenemos algo en común.

–¿Quién lo hubiera imaginado?

–Yo no, desde luego. ¿Crees que será suficiente para parecer una pareja de verdad? –dio un paso hacia ella y a Paige la sacudió un fuerte estremecimiento. El recuerdo del beso bastaba para que le temblaran las rodillas.

Sin poder evitarlo, también ella dio un paso adelante. Era una estupidez, porque sabía que no debía volver a besarlo. Él no quería besarla, de eso estaba segura. La primera vez le había dicho que era un error.

Dante ladeó la cabeza hacia un lado y la miró intensamente.

–Hay química entre nosotros –le dijo.

Ella soltó una risita nerviosa.

–¿Eso crees?

Él asintió y avanzó otro paso.

–Sí, y es algo bueno. Se pueden fingir muchas cosas, Paige, pero esto no. Es real, y nadie lo pondrá en duda.

–Solo fue un beso... –le recordó ella–. Y dijiste que fue un error.

Él sonrió.

–¿Me estás provocando?

–No, no soy tan tonta.

–No, está claro que no eres tonta –sus palabras la llenaron de calor–. Pero puede que estés intentando provocarme para que te bese de nuevo.

–¿Y por qué iba a hacer algo así?

–Por la misma razón por la que yo deseo que me provoques... Me gustaría volver a besarte.

–¿Quieres... quieres besarme?

Él asintió.

–Pe... pero la última vez dijiste que...

–Dije que no debería haber ocurrido porque los dos

tenemos que concentrarnos en nuestros asuntos, y nos resultaría difícil hacerlo si acabamos en la cama...

–Oh.

–Voy a volver a besarte.

–No creo que sea buena idea.

–Puede que no, pero dentro de una hora nos entrevistarán como a una pareja. Es crucial que no haya la menor tensión entre nosotros –dio otro paso hacia ella y Paige sintió su calor corporal y su olor a jabón y virilidad. Dio un paso adelante y se mordió el labio.

Él alargó el brazo y le tocó el labio con el pulgar.

–Siento envidia de tu labio...

¿No estaría insinuando que...? Sacó la lengua y le lamió la punta del dedo. Respiró hondo y lo mordió ligeramente. Él cerró los ojos y un gruñido de goce retumbó en su pecho. Envalentonada, Paige repitió la acción y lo mordió con más fuerza.

Dante reaccionó con rapidez. La rodeó con los brazos y la apretó contra su cuerpo. Ella se puso de puntillas y lo besó, abandonándose a una sensación tan familiar como desconocida.

Él le introdujo la lengua entre los labios y ella respondió de igual manera. El roce de las lenguas la abrasaba por dentro y hacía que le escocieran los pezones. Dante le puso las manos en las caderas y la pegó a su entrepierna para hacerle sentir la dureza de su erección.

La arrinconó contra la mesa y ella ajustó la postura para que el borde le quedara bajo el trasero. Él le separó las piernas y se colocó entre sus muslos para besarle la barbilla, el cuello y el hombro. Paige no quería que se detuviera. Y no quería mirarlo a la cara cuando terminase y ver el mismo remordimiento que la noche anterior.

Pero cuando el beso acabó y Dante se apartó, no fue desagrado ni arrepentimiento lo que vio en su rostro, sino algo mucho peor. No vio ninguna emoción en absoluto; nada salvo una máscara serena e impenetrable. Como si no acabara de llevarla a un nivel de excitación y atracción desconocido hasta entonces.

–Esto demuestra que tengo razón –dijo él.

Paige sintió ganas de golpearlo o patearlo en las espinillas para hacerlo reaccionar. Su frialdad estaba acabando con ella.

–¿Que hay química entre nosotros? Pues sí, tienes razón. Me alegra haber sido parte del experimento –se tocó los labios, ardientes e hinchados, tan sensibles como el resto de su cuerpo.

Dante se movió y ella vio un destello dorado en su chaqueta.

–¡Oh, no! –se le escapó una risita–. ¡Lo siento mucho!

–¿Qué?

–Tu chaqueta.

Dante se miró la purpurina dorada que le manchaba la pechera, masculló algo en voz baja y se la sacudió mientras Paige intentaba a duras penas contener la risa.

–¡Lo siento! Pero lo has empezado tú. Yo estaba trabajando y...

–No pasa nada, Paige –la interrumpió él en tono irritado.

–Lo siento. Este traje debe de costar...

–Mucho. Pero tengo muchos más, de modo que no es problema.

–Bueno, pues...

–Tengo que acabar unas cosas. Me reuniré contigo en la guardería para recoger a Ana.

–¿Crees que ha ido bien? A mí me parece que sí –Paige parloteaba sin cesar, pero no podía evitarlo.

La entrevista había acabado y estaban en el balcón del segundo piso, contemplando el mar después de acabar la exquisita cena que les había preparado el ama de llaves. Ana yacía alegremente boca abajo en un cojín, agitando los brazos y piernas..

–A mí también me lo parece –corroboró Dante.

No había ni rastro del hombre arisco y malhumorado que había sido horas antes. Había hecho gala de un comportamiento exquisito desde el momento en que Rebecca Addler entró por la puerta. O bien la trabajadora social prestaba oídos sordos a las historias que circulaban sobre él, o bien se había olvidado de ellas ante la cautivadora presencia de Dante.

La seguridad que irradiaba aquel hombre en cualquier situación hacía que todo pareciera sencillo y fluido. Se mostró mucho más tranquilo y natural que Paige durante la entrevista, lo cual era bastante humillante. Era ella quien amaba a Ana con toda su alma y, sin embargo, era él quien se ganaba a la trabajadora social.

Por suerte estaba de parte de Paige.

–Bueno, me alegro de que te sintieras cómodo y seguro.

–¿Por qué preocuparse, Paige? El resultado será el mismo.

–Para ti es fácil decirlo. Pero Ana lo es todo para mí.

–Lo sé –dijo él, muy serio–. Y te juro que no dejaré que te la arrebaten. Cueste lo que cueste.

–¿De verdad? ¿Por qué? ¿Por qué... harías algo así por mí?

–Porque sé lo que es perder a una madre –respondió fríamente–. Sé lo que es pasar de una familia a otra sin que nadie te quiera. Si puedo impedir que Ana corra la misma suerte, lo haré.

Paige miró a Ana, y por primera vez se dejó invadir por el pánico que siempre la acechaba.

–¿Puedo hacer esto? ¿Seré la persona apropiada? –miró a Dante–. Dímelo. Porque tengo miedo de fracasar.

Él pareció sorprendido.

–No... no soy la persona indicada para opinar sobre la familia. Pero tú quieres a Ana, y yo recuerdo que mi madre también me quería. Y la forma que tienes de abrazarla y de hacer que se sienta protegida...

A Paige se le formó un nudo en la garganta.

–Pero siempre lo echo todo a perder. Pregúntale a cualquiera. Mi familia, mis profesores, mis amigos... En el colegio mis notas eran muy malas. Se me daban bien el Inglés y el Arte, pero en el resto era una pésima estudiante. Mis padres no quisieron ayudarme para que fuera a la universidad y tampoco podía aspirar a una beca. Nadie se sorprendió, porque... nadie esperaba más de mí –parpadeó para contener las lágrimas–. Mi vida ha sido una sucesión de fracasos. Mi primer beso, la ceremonia de graduación, la universidad... ¿Y si también fracaso en esto?

–No has fracasado en todo –replicó él–. Haces muy bien tu trabajo. Y cuando perdiste a tu mejor amiga te hiciste cargo de su hija. ¿Sabes cuántas personas se habrían desentendido del asunto? Muchísimas, Paige. Pero tú no.

–Pero me asusta lo mucho que la quiero...

Dante miró el mar con el ceño fruncido.

–La emoción es lo más peligroso que hay. Te puede dominar y hacer que hagas cosas de las que nunca te creerías capaz. Pero... por Ana estás dispuesta a hacer lo que sea, incluso decirle a la trabajadora social que estabas comprometida con tu jefe. Tu amor tiene el poder para hacer el bien. Confía en eso.

Sus palabras eran alentadoras, pero denotaban una amarga tristeza. Y algo más... Algo en lo que ella temía no poder ayudarlo.

Capítulo 9

DANTE se despertó al oír un llanto. Se levantó rápidamente y salió de la habitación. Ana estaba llorando.

Abrió la puerta del cuarto y vio a Paige, sentada en la mecedora con Ana en brazos, meciéndola y dándole palmaditas en la espalda. Ana seguía llorando, y también Paige.

Su primer impulso fue darse la vuelta y alejarse de aquella escena lo más rápido posible, volver a la cama y sofocar las emociones que le oprimían la garganta.

–¿Va todo bien?

–No –respondió Paige–. Lleva una hora sin parar de llorar. Lo he probado todo. Le he dado de comer, la he cambiado, he encendido y apagado las luces... No sé qué más hacer.

–Seguro que estás haciendo todo lo correcto.

–¿Pero y si no es así? –susurró ella en tono desesperado.

Dante entró en la habitación, haciendo caso omiso del nudo que le oprimía el pecho.

–A veces los niños lloran sin motivo –o al menos eso había oído.

–Pero Ana no suele hacerlo.

–¿Tiene fiebre? –le parecía una pregunta lógica.

Paige puso una mano en la frente de Ana.

–Creo que no. ¿A ti te parece que está caliente?

Dante no podía tocarla. Era una criatura frágil y diminuta. No quería ponerle las manos encima.

–No creo que esté caliente –se limitó a decir.

Paige volvió a ponerle la mano en la frente.

–Tienes razón, no parece que tenga fiebre. ¿Puedes cantarle una nana?

–¿Qué?

–Una nana. He intentado cantarle una y solo he conseguido que llore más. A lo mejor tú...

A Dante se le formó un nudo en la garganta.

–No conozco ninguna nana.

No era cierto. Conocía una nana. En italiano. Si cerraba los ojos podía ver a su madre, inclinada sobre él en la cama, acariciándole la frente...

Stella, stellina,
la notte si avvicina
«Estrella, estrellita, la noche está cerquita».

Intentó sacudirse el recuerdo, pero siguió viendo a su madre, tan hermosa y llena de vida, y luego...

–Oh... bueno –dijo Paige–. No importa.

–Lo siento –apretó los puños y resistió el impulso de huir. Dante Romani jamás huía.

Ana empezó a hipar, sacudida por pequeñas convulsiones. Poco a poco el llanto se fue apagando hasta quedar en unos débiles gimoteos esporádicos.

Dante la miró en silencio mientras Paige continuaba meciéndola.

–¿Lo ves? No le pasaba nada –comentó cuando los sollozos cesaron. Intentaba recuperar el control de la situación, pero lo había perdido por completo. Tenía a una niña pequeña y a una mujer en su casa...

Paige se levantó y devolvió con mucho cuidado a Ana a la cuna. Esperó unos segundos junto a ella por si se despertaba, pero afortunadamente no fue así.

–Parece que se ha dormido –susurró.

–Tú también deberías dormir –le sugirió Dante. Parecía agotada y abatida.

Ella se estremeció y se envolvió con la bata.

–No... no creo que pueda dormir.

Su expresión era tan afligida que Dante sintió algo extraño en el estómago.

–¿Tienes hambre?

–No mucha, pero... ¿tienes chocolate?

Dante soltó un profundo suspiro. Normalmente se habría retirado a la cama sin el menor sentimiento de culpa, pero por alguna razón incomprensible no podía dejar sola a Paige en aquel estado.

–Tendremos que saquear la despensa para averiguarlo. No estoy seguro.

–¿No estás seguro de si tienes chocolate en casa? –salieron del cuarto y dejaron la puerta abierta por si Ana volvía a despertarse.

–No acostumbro a saquear la cocina a estas horas.

–Supongo que por eso tienes un cuerpo perfecto... no como yo –dijo ella, mirándole el torso desnudo.

Su honestidad le divertía y excitaba. No intentaba ocultar su atracción y, sin embargo, no se podía comparar a las descaradas muestras de deseo que Dante acostumbraba a recibir. En Paige no había segundas intenciones. Simplemente admiración pura y sincera.

Dante también la miró con la misma intensidad. Su camiseta le moldeaba los pechos y el holgado pantalón de pijama le disimulaba las caderas.

–A mí me parece que tienes una figura estupenda.

Ella se detuvo y se giró bruscamente hacia él.

–¿En serio?

Dante se arrepintió de habérselo dicho. No sería bueno para ninguno de los dos avivar la atracción, pero era demasiado tarde para retirar el cumplido. No era el tipo de hombre que mintiera a las mujeres o las atrajese a la cama con falsos halagos, pero aquel era un tema muy delicado. Una palabra equivocada podría ser fatal y hacerle creer a Paige que él podía darle lo que no podía darle.

–Sí.

Ella se puso colorada.

–No me has visto desnuda...

–Aun así –las palabras se le escaparon sin poder evitarlo y quedaron suspendidas entre los dos.

–No –dijo ella, echando a andar hacia la cocina.

–¿No?

–Los dos sabemos que no sería buena idea.

–¿Por qué, Paige? ¿Qué tendría de malo divertirse un poco? –preguntó, aunque sabía muy bien el daño que acarreaba la pasión sexual.

Por eso todas sus aventuras sexuales carecían de pasión. Se limitaba a llevar a sus parejas al clímax de manera casi mecánica, buscar su propio orgasmo y poco más. Sin sentir nada especial y sin distinguir entre una mujer u otra.

–A mí me parece que tendría mucho de malo –dijo ella mientras abría el frigorífico y examinaba su contenido–. ¡Helado de chocolate! –sacó el envase y lo sostuvo en alto como un trofeo, antes de dejarlo en la encimera de granito–. Trae unos cuencos y cucharas.

–¿El tema anterior está zanjado?

–Sí.

Dante sacó los cubiertos y sirvió helado para ambos. Se sentó en el borde de la encimera y Paige hizo lo mismo al otro lado.

–Puede que no sea una madre tan pésima –dijo mientras se llevaba a la boca una cucharada de helado.

–Claro que no, pero ¿qué te hace pensarlo?

–Me he puesto en plan severo y he conseguido que cambies de tema y me sirvas helado –le dijo ella con una pícara sonrisa. Pero sus ojos seguían llenos de temor y tristeza.

–Quiero contarte algo... –mintió, porque no quería contárselo. Pero tenía que hacerlo porque era todo lo que podía ofrecerle.

Ella asintió, mirándolo fijamente mientras seguía tomando helado.

–¿Sabes qué recuerdo de mi madre?

Paige parpadeó un par de veces y dejó el cuenco en la encimera.

–No.

–Tenía seis años cuando murió. Pero la recuerdo muy bien. Recuerdo cuando me ponía la mano en la frente, antes de dormirme. Su voz dulce y suave. Cómo me cantaba... –carraspeó–. No se trata de hacerlo todo bien, sino de esos pequeños detalles. Las mismas cosas que tú haces por Ana. Puede que cometas errores, pero serás una presencia constante y segura en su vida. Y eso es lo que importa.

Recordaba más cosas de su madre. Su miedo cuando su padre volvía a casa del trabajo. Cómo lo abrazaba y encerraba con llave para que no pudiera ver nada y para que su padre no pudiera hacerle daño.

Y la recordaba yaciendo inmóvil en el suelo. Pálida. Con los ojos apagados para siempre.

Recordaba tumbarse junto a ella en el suelo y cantarle una nana hasta que llegó la policía. Acariciándole el pelo como ella siempre había hecho.

Stella, stellina... «Estrella, estrellita».

Omitió aquella parte. Lo único que quería era borrar la pesadilla de su cabeza y quedarse con los buenos recuerdos. Pero era imposible. Lo bueno y lo malo eran inseparables.

Una lágrima cayó por la mejilla de Paige.

–Debió de ser una mujer maravillosa.

–Lo fue.

–Yo he fracasado en muchas cosas y no sé por qué. En la escuela intenté hacerlo bien, pero no podía. Mis padres intentaron apoyarme, pero no creían que me esforzara de verdad. Mis hermanos siempre fueron unos estudiantes modelo. Yo, en cambio, tenía que dejarme la piel para conseguir un simple aprobado. Eso me descartaba para la universidad. Supongo que mis padres me veían como a una fracasada. Tenía mi arte, sí, pero para ellos no significaba gran cosa.

–Y por eso te fuiste.

Ella asintió.

–No quería seguir rodeada por personas que me habían dejado por imposible. Shyla, en cambio, siempre creyó en mí. Me decía que era inteligente y me animó a solicitar el puesto en Colson's. Yo pensaba que no tenia ninguna posibilidad, sin titulación ni experiencia, pero tu jefa de personal vio algo en mí y en mi trabajo y se arriesgó conmigo. Si decidí intentarlo, fue por mi amiga. Por eso no puedo fallarle ahora –dijo con voz trémula–. Hay demasiado en juego y no puedo fallar. Por desgracia, llevo el fracaso en los genes y me temo que la historia se repita.

–Dime una cosa, ¿tus hermanos son artistas?

–No.

–¿Y tus padres?

–Tampoco.

–¿Alguno de ellos podría decorar un escaparate como tú? ¿Podrían encontrar los materiales, imaginarse la iluminación y los colores y plasmarlo todo en un decorado real?

–No creo.

–Entonces quizá no hayas fracasado en la vida. Simplemente has tenido éxito en otros campos que tu familia no domina y que por tanto no entiende.

–Eres... –parpadeó frenéticamente–, eres la primera persona que me ha dicho eso.

–Pero es la verdad. No podemos ser los mejores en todo. Yo no podría diseñar los escaparates de mis tiendas, y por eso te contraté a ti.

–Me contrató tu jefa de personal.

–Sí, pero ya entiendes lo que quiero decir. Yo no puedo ser bueno en todo. ¿Por qué deberías serlo tú?

–Mi familia nunca se ha tomado en serio lo que hago.

–Ese es su problema. Tú eres buena en lo que importa y das el todo por el todo cuando es necesario. Tu instinto es proteger a Ana y mantenerla a tu lado pase lo que pase. Si eso no demuestra tu valía y fortaleza, nada lo hará.

Paige se bajó de la encimera, apretando los puños a los costados. Respiró hondo y rodeó la encimera para detenerse frente a Dante. Levantó las manos, se las puso en las mejillas y le hizo bajar la cara al tiempo que se ponía de puntillas para besarlo en los labios.

Él permaneció en el borde de la encimera, dejando que ella marcara el ritmo y la intensidad con sus labios y lengua. Sentía el sabor salado de las lágrimas en su boca y la tristeza que emanaba su aliento. Se moría por tomar el control y besarla con toda la pasión y la angustia que albergaba en su interior y que amenazaban con abrirse camino hasta la superficie de cualquier manera. Pero no podía permitirlo.

Aquello era por Paige. Le daría lo que ella deseaba, pero sin perder la cabeza.

Paige se apartó de Dante, con el corazón desbocado y las piernas temblorosas. No sabía qué le había pasado ni en qué había estado pensando. Solo sabía que quería sentir algo intenso y real, y que Dante confirmara sus palabras con hechos.

Quería demostrar que era una mujer capaz de desear y ser deseada. Que no era una broma. Quería a aquel hombre hermoso e inalcanzable para ella sola.

No quería promesas de amor eterno. Ni quería darle las gracias por su apoyo y comprensión. Era otra cosa... Una necesidad tan profunda y salvaje que apenas podía entenderla.

Lo único que sabía con seguridad era que aquel beso sanaría las heridas y confirmaría todo lo que Dante le había dicho. Se demostraría a sí misma que los hombres podían desearla y tomarla en serio.

Le acarició el pecho, sintiendo su fuerza y calor. El vello le hacía cosquillas en las palmas. Era un hombre extremadamente sexy y varonil.

—Te deseo —le confesó sin dejar de besarlo.

El silencio que siguió a sus palabras pareció durar una eternidad. Seguramente Dante la rechazara, pero por primera vez en su vida Paige había estado dispuesta a arriesgarse. Era como si se hubiera liberado de unas cadenas que arrastraba desde siempre.

Él se bajó de la encimera y le rodeó la cintura con un brazo.

—¿Quieres besarme? ¿O quieres algo más?

—Qui... quiero más.

—Dime qué quieres —la apremió él—. Quiero oírlo.

—Quiero... acostarme contigo —una terrorífica posibilidad la asaltó de repente—. A menos que tú no quieras —¿por qué iba a desearla? Era un dios humano con un físico espectacular que podría tener a quien deseara. Tenía años de experiencia sexual a sus espaldas y se había apartado cada vez que se besaban. Paige había fantaseado brevemente con la idea de tenerlo, pero una vez más se había engañado a sí misma.

Él se rio amargamente.

—¿Cómo puedes pensar que no te deseo?

–Soy una mujer del montón, ¿recuerdas?

Él entrelazó una mano en sus cabellos y le acarició el mechón rosa.

–Nunca he conocido a nadie como tú, así que esa descripción no te hace justicia.

–Odias mi pelo.

–Cada vez me gusta más –replicó él.

Le puso la otra mano en la parte inferior de la espalda y la atrajo a su cuerpo y erección.

–Tú me deseas... –dijo ella, abriendo los ojos como platos.

–Lo siento si te resulta difícil creerlo, pero espero que mañana pienses de otra manera.

Paige intentó pensar en alguna respuesta ingeniosa que aliviara la tensión y las palpitaciones de su entrepierna, pero no se le ocurrió nada. Su cerebro estaba demasiado ocupado con todas las cosas que Dante podía enseñarle.

Nunca se había percatado de lo importante que era todo aquello que desconocía sobre el sexo...

Dante volvió a besarla, con más pasión. Bajó la mano a la cintura del pantalón y deslizó los dedos bajo la franela hasta agarrarle el trasero. Su tacto era áspero y brutal. Perfecto. La apretó con fuerza y una corriente de calor líquido brotó entre los muslos de Paige.

Se arqueó para frotarse los pechos contra su torso, buscando la manera de aliviar las palpitaciones que crecían de intensidad entre sus muslos.

–Tenemos que encontrar una cama –dijo con voz jadeante mientras se separaba de él.

–No nos hace falta una cama –respondió él, inclinándose para besarla en el cuello.

Paige gimió y por un momento se le quedó la mente en blanco.

–Sí, claro que sí. Soy... –no iba a decir «virgen». Iba

a evitar aquella palabra a toda costa–. Soy bastante torpe. Necesito algo más cómodo y seguro... por si me caigo.

–No dejaré que te caigas.

«Quizá no puedas impedirlo». Las palabras se le quedaron en la punta de la lengua, pero no se atrevió a decirlas. Ni siquiera sabía lo que significaban. Únicamente que la llenaban de pavor.

–Lo sé, pero aun así... Por favor.

Él asintió y la levantó en sus brazos para llevarla hacia la escalera. Ella chilló y se aferró a su cuello mientras Dante subía los escalones de dos en dos. No la dejó en el suelo hasta llegar a su habitación.

–¿Esta cama servirá?

Ella asintió. Tenía la garganta seca.

–Sí... Y ahora ven y bésame. Te prometo que no te mancharé de purpurina.

–Como desees –se acercó y le acarició la mejilla con el dedo, antes de comenzar a besarla con sensualidad y pasión.

Le recorrió sus curvas con las manos. Le agarró los pechos y le endureció los pezones con el ligero tacto de sus dedos, avivando el deseo que la consumía.

Le quitó la camiseta por encima de la cabeza. Paige sintió el aire fresco en los pechos, pero no tuvo tiempo para sentirse cohibida porque él la apretó de nuevo contra su torso y el calor de su piel la calentó de arriba abajo.

A continuación le bajó el pantalón y las braguitas, hasta que cayeron a sus pies. Paige agradeció que no se hubiera detenido a mirar su ropa interior. No había pensado en un encuentro erótico cuando escogió la prenda morada de algodón.

Quería arrancarle la ropa, pero las manos no le respondían. Las sentía torpes y pesadas. Dante era perfecto en todos los sentidos, y ella no quería estropear el momento. No sabía si moverse o no, o si a él le gustaba que una mujer lo desnudara.

Por suerte, él estaba más que dispuesto a desnudarse por sí mismo. Se metió en el baño unos breves instantes y regresó con una gloriosa erección y un paquete de preservativos.

Paige se quedó ensimismada al contemplar su desnudez y su miembro erecto. Nunca había visto a un hombre desnudo en persona, y ninguna estatua clásica podría hacerle justicia a Dante.

–Quiero tocarte –le dijo, asombrada por su descaro. Todos sus nervios se habían esfumado desde que él volvió al dormitorio. Estaba ante él, los dos desnudos y a punto de hacer el acto más íntimo que dos personas podían compartir.

No había lugar para el miedo ni la vergüenza. Estaba segura de lo que quería hacer. Era una sensación desconocida para ella, pero con Dante no había razón para tener miedo.

–Estoy en tus manos –le dijo él.

Paige se acercó y le acarició el pecho y el abdomen. Descendió por la línea de vello hacia la ingle y le rodeó el miembro con los dedos, duro y grueso.

–¿Qué quieres que te haga? –le preguntó. El corazón le golpeaba furiosamente las costillas.

–Lo que estás haciendo –respondió él entre dientes.

–¿Tocarte, tan solo?

–Sí –su respiración se aceleró.

–¿Y esto? –lo apretó suavemente y le arrancó un gemido.

–Sí...

–¿Más fuerte?

Él le puso una mano sobre la suya para detenerla.

–Solo si quieres que llegue en cuestión de segundos.

Ella retiró rápidamente la mano.

—No, todavía no. Aún no tienes permiso para ello.

—Me lo suponía —le capturó los labios con un beso fogoso y voraz y la tumbó en la cama.

Ella le rodeó la cadera con el muslo, abriéndose para él. Empezaron a frotarse y cada roce de la erección contra su entrepierna le prendía una llamarada por todo el cuerpo.

Dante agachó la cabeza y comenzó a succionarle un pezón. A Paige se le escapó un gemido y le clavó las uñas en los hombros, aferrándose con todas sus fuerzas cuando él levantó la cabeza.

—No te pares... —lo acució, y él no se hizo de rogar y siguió lamiéndole los pechos hasta llevarla al límite de su resistencia.

Pero en vez de empujarla al orgasmo, la sujetó con fuerza por las caderas y fue bajando con la boca hasta el punto más húmedo y palpitante de su cuerpo. Y cuando le tocó el clítoris con la lengua, ella levantó las caderas y se abandonó a una sensación tan intensa que no podía permanecer quieta. Se sacudió, estremeció y revolvió, pero él la sujetó con fuerza y la redujo al placer del momento.

Entrelazó los dedos en el pelo de Dante para mantenerlo pegado a ella, sin ofrecer la menor resistencia al aluvión de sensaciones que la anegaban.

Él la soltó y le introdujo un dedo en su sexo mientras seguía lamiéndole el clítoris. Una explosión orgásmica estalló tras sus párpados cerrados, colmándola de luz y calor. Su cuerpo se vio sacudido por una oleada tras otra de un placer incomparable.

Dante levantó la cabeza y la besó en la cadera, bajo el ombligo. En el vientre. Entre los pechos. Entonces se colocó entre sus muslos y llevó la erección a la entrada de su sexo. Se detuvo un momento, maldijo en voz baja y agarró los preservativos. Abrió uno rápidamente y se lo colocó en cuestión de segundos. Paige agradeció que no le hubiera pedido hacerlo a ella.

Se colocó de nuevo en posición y la penetró. Paige sintió un dolor breve y agudo mientras las paredes de su sexo se estiraban para recibirlo. Dante volvió a detenerse. Los ojos le ardían y tenía el rostro desencajado.

Ella sacudió la cabeza. Y en vez de hablar, él empujó hasta el fondo, haciendo contacto donde ella más lo necesitaba, borrando el dolor con placer. Muy despacio, pero imparable.

Se retiró y volvió a penetrarla, marcando un ritmo constante que avivaba las sensaciones y la necesidad de alcanzar la plenitud en un arrebato compartido. Paige recibía cada embestida y se movía con él en busca de la culminación mientras todo se volvía difuso y etéreo a su alrededor.

Los movimientos de Dante se volvieron más irregulares, señal de que estaba perdiendo el control, y lo mismo empezó a ocurrirle a Paige. Perdió la noción de la realidad y juntos alcanzaron el éxtasis con delirantes gritos de placer y abandono.

Cuando Dante dejó de temblar, exhaló una profunda espiración y apoyó la frente en el pecho de Paige. Ella lo rodeó con los brazos y lo mantuvo allí, pegado a su cuerpo, piel contra piel.

No quería hablar. No quería moverse. No quería enfrentarse a la realidad.

Sabía que tarde o temprano tendrían que hacerlo.

Pero aún no.

Capítulo 10

DANTE se maldijo a sí mismo. Merecía todas y cada una de las críticas, insultos y condenas que la prensa le había dedicado.

Había dejado que Paige llevase la iniciativa, sin sospechar que ella no conocía los pasos de aquel baile.

Era virgen.

Debería habérselo imaginado. La mirada inocente de Paige, su rubor, su ingenuidad respecto al poder que su cuerpo albergaba... Pero no se había percatado de las señales, o peor aún, las había ignorado. Había permitido que la parte más oscura de su alma lo dominase y borrara la poca decencia que aún le quedaba.

Siempre evitaba a las mujeres sin experiencia y a las que no entendían que con él solo habría sexo y nada más.

La voz interior que le susurraba que Paige era distinta fue acallada sin contemplaciones.

–Maldita sea, Paige...

–No lo digas, por favor.

Se apartó de él y se arropó con las sábanas. En su cama. Como si estuviera pensando en quedarse con él toda la noche, algo que ninguna mujer había hecho nunca. Los breves encuentros con sus amantes tenían lugar en hoteles, y como mucho duraban un par de horas.

–¿No te molesta haberme ocultado que eras virgen?

–Por favor... –sacó los brazos de debajo de la manta–.

Tú no eres un villano de largos bigotes que me acaba de violar. Sabía lo que estaba haciendo.

Él se incorporó, se sentó en el borde de la cama y se pasó los dedos por el pelo. Aún no había recuperado el control por completo.

–Quería hacerlo –insistió ella–. Me pediste que te lo dijera y eso hice. Quería acostarme contigo. Quería que fueras el primero... O no, no se trata de ser el primero. Te deseaba a ti. Fin de la historia.

–Paige, yo no... no puedo ofrecerte nada.

–¿Quieres decir que no puedes ofrecerme más que un matrimonio temporal para que no me quiten a mi hija? ¿No puedes ofrecerme más que eso y unos cuantos orgasmos? ¿A eso te refieres?

–Paige...

–Vuelve a la cama, Dante.

–Yo no... –iba a decírselo. Iba a confesarle que nunca había compartido su cama con nadie. Sus amantes ni siquiera pisaban su casa.

Pero las palabras se le atascaron en la garganta. Debería decirle que si quería sexo lo tendría, pero que para hacer el amor tendría que buscarse a otro. Sin embargo, por primera vez desde que podía recordar, le resultó imposible pronunciar aquellas duras palabras.

Se levantó.

–Voy al baño.

Ella asintió, aferrándose a la manta como para demostrarle que no tenía intención de marcharse.

Dante fue al baño, tiró el preservativo y, por segunda vez en unos días, se agarró al borde del lavabo y se miró al espejo. Permaneció así unos segundos, hasta que se dio la vuelta e intentó decidir qué sería peor, si darle a Paige lo que pedía sin ningún propósito ni capacidad de implicarse emocionalmente, o demostrarle que con él no habría dulzura ni romanticismo.

Volvió al dormitorio y sintió un nudo en el pecho al ver a Paige bajo las sábanas, de costado y con los ojos abiertos.

–Has vuelto –dijo ella.

–Sí.

Un escalofrío le recorrió la piel y le traspasó el corazón. Y cuanto más se acercaba a la cama, mayor era el miedo.

Se detuvo para intentar recuperar el aliento. Paige parecía una criatura angelical. Tenía los labios hinchados y enrojecidos, la piel encendida y sus azules ojos llenos de inocencia y esperanza, anhelando lo que él jamás podría ofrecerle.

Y, sin embargo, el deseo de deslizarse bajo las sábanas y apretarla contra él, de deleitarse con su belleza y saciar aquella imperiosa necesidad, era tan fuerte que amenazaba con dominarlo.

–Puedes quedarte esta noche, Paige –dijo, dando un paso atrás–. Pero yo tengo cosas que hacer.

Recogió los pantalones y la camisa del suelo y, sin mirar atrás, salió de la habitación y cerró la puerta tras él.

Paige abrió lentamente los ojos, entornándolos para protegerse de la luz que se filtraba por las cortinas, y lo primero que le extrañó fue que Ana no se hubiera despertado.

Lo siguiente fue encontrarse desnuda. Ella nunca se acostaba desnuda. Pero la noche anterior no se había puesto el pijama...

Y entonces lo recordó todo.

Dante. Sus manos. Su boca. Su cuerpo. Su prodigiosa virilidad, capaz de darle un placer que nunca antes había imaginado.

Sonrió. No había esperado al matrimonio ni a encontrar su verdadero amor, como hubiera hecho su hermana. Pero había merecido la pena. Y tanto que sí.

Tenía el cuerpo dolorido y le escocían unas partes que nunca había sentido, pero cualquier molestia corporal también merecía la pena.

Se giró de costado y descubrió que estaba sola en la cama. Y entonces recordó que Dante se había marchado la noche anterior, tan inexpresivo como siempre.

En ese momento se abrió la puerta y entró Dante, vistiendo la misma ropa que la noche anterior.

–Buenos días –lo saludó ella, sintiéndose mucho menos dichosa que unos segundos antes.

–Ya es de día –dijo él con el ceño fruncido. Se quitó la camisa y Paige se estremeció al contemplar su perfecta musculatura.

Era un hombre arrebatador e inalcanzable para alguien como ella y, sin embargo, había sido suyo durante unas horas.

–Sí, ya es de día –corroboró.

–¿Estás bien?

Ella se incorporó, cubriéndose el pecho con la manta, y se golpeó el brazo.

–Me siento... bien.

–Muy graciosa, Paige. Ya sabes a lo que me refiero –se quitó el pantalón y a Paige le dio un vuelco el estómago.

–¿Quieres saber si estoy enfadada por haberme dejado sola después de haberme hecho el amor? –preguntó ella, con la vista fija en el trasero de Dante mientras él rebuscaba en el armario–. Estoy un poco disgustada, sí.

–No te estoy preguntando eso.

Paige no quería que le preguntara lo que ella temía que le preguntase.

–Quieres saber si me arrepiento de lo sucedido.

–Sí.

Paige soltó un largo suspiro.

–No me arrepiento, Dante. Pero sí estoy un poco molesta por tu comportamiento posterior. Y por el que tienes ahora.

–A mí me parece que sí te arrepientes de lo sucedido.

–Te dije que quería hacerlo –insistió ella en tono irritado.

Él se echó unos pantalones negros y una camisa blanca sobre el brazo.

–Lo sé, pero eso fue antes de que supiera...

–Que fuera virgen no significa que no supiera nada sobre el sexo. Se pueden saber muchas cosas sin necesidad de hacerlas.

–Pero no sabes cómo te harán sentir.

–Me siento... o mejor dicho, me sentí, ya que ahora estoy bastante enojada... satisfecha. Y feliz, hasta que me dejaste aquí tirada para irte a hacer Dios sabe qué.

–Entonces sabes de qué va todo esto, ¿no?

–Sí, y si dejas de tratarme como a una niña o como a una desconocida que ha invadido tu intimidad, creo que podríamos encontrar una solución.

La expresión de Dante se tornó oscura y severa. Se acercó a la cama y apoyó las manos en el extremo del colchón.

–¿Crees que podemos tener una aventura mientras vivas aquí? Solo sexo. Tú y yo, en esta cama, sin ropa y sin sentimientos... ¿Te crees capaz?

La estaba desafiando para intentar disuadirla. Y, de algún modo, ella sabía que no lo hacía para ayudarla.

–Sí –respondió–. Creo que podríamos hacerlo.

–¿De verdad lo crees?

–Sí. Lo de anoche estuvo... muy bien.

–¿Muy bien? –preguntó él fríamente.

–No me puedo creer que haya esperado tanto. O sí, bueno, porque... ¿sabes? Me avergüenza contarlo, pero cuando estaba en el instituto me enrollé con un chico. Yo tenía aparatos y... se hizo un corte en la lengua.

–¿En la lengua? –repitió él, sorprendido.

–Sí, con los aparatos. Pero fue culpa suya, por besarme como un animal. Tú lo haces mucho mejor...

–Gracias.

–De nada. El caso es que he arrastrado ese estigma desde entonces –se abrazó las rodillas bajo la manta y examinó el bordado de la colcha–. Fui el blanco de todas las burlas en la escuela. Y en la ceremonia de graduación, un chico guapísimo me preguntó si quería ir con él al baile. Yo le dije que sí, y después del baile me dijo que tenía una manta y unas bebidas bajo las gradas. Ningún chico se había interesado por mí desde el incidente de los aparatos, así que... acepté.

–Pero no hiciste nada.

–No. Porque las intenciones de aquel chico eran otras.

–¿Qué ocurrió?

Paige se mordió el labio.

–No sé por qué me cuesta tanto hablar de ello. ¿Cuánto tiempo ha pasado? ¿Cuatro años? –sacudió la cabeza, intentando contener las lágrimas y la vergüenza que le abrasaba el pecho–. Nos fuimos bajo las gradas del campo de fútbol. Todo iba bien... Nos besamos, sin que nadie resultara herido. Él empezó a quitarme el vestido... –los ojos le escocían al reprimir las lágrimas–. Entonces me agarró del brazo y me sacó al campo. Los focos se encendieron y me vi rodeada por mis compañeros de clase, que empezaron a tirarme huevos y a sacarme fotos medio desnuda, que luego repartieron por toda la escuela... –se mordió el labio con fuerza–. Podría haberme visto en serios apuros por haber estado allí sin permiso, pero el director debió de pensar que ya había sufrido bastante. Y lo mismo pensaron mis padres. Todo el mundo me vio... No sé por qué acepté la invitación de aquel chico. Como me dijo una compañera: «¿de verdad creías que quería algo serio contigo?» –se secó una lágrima que le resbalaba por la mejilla–. Pues sí. De verdad lo creía. Por desgracia, el asunto no se olvidó con la graduación. Todo el mundo siguió recordándolo como si fuera la broma más divertida e ingeniosa de todos los tiempos. Al final yo también aprendí a reírme, porque la otra opción era demostrarles lo mucho que me había afectado. Y no quería que nadie se diera cuenta.

–Pero entonces te viniste a vivir aquí, lejos de esa gente. Podrías haber...

–¿Haberme arriesgado a que me rechazaran de nuevo? Ni hablar. Mi clase ya se rio bastante de mi cuerpo semidesnudo.

Dante maldijo entre dientes.

–Tu cuerpo no tiene nada de cómico.

–Puede que no. Ahora lo sé, pero... todos mis compañeros decían lo contrario. Y eso es todo lo que importa en el instituto.

–¿Por qué te has acostado conmigo, Paige?

Ella lo miró fijamente.

–Porque me deseabas.

Una expresión de horror cruzó fugazmente el rostro de Dante.

–¿Eso es todo? ¿Por pensar que yo era el único hombre que podría desearte? Tus compañeros de clase solo eran un puñado de críos idiotas, tan ciegos como tu familia en lo que se respecta a tu belleza y virtud. Un hombre tendría que estar loco para no desearte. Por eso espero sinceramente que esto no haya sido un acto a la desesperada por creer que no podrías tener a nadie más.

Ella negó vehemente con la cabeza.

–No, no, nada de eso. Ha sido... Tú me deseabas, y... yo a ti también. Lo suficiente para arriesgarme al rechazo. Hasta ahora nunca había deseado tanto a nadie. Pero a ti sí. ¿No es razón suficiente para acostarnos?

–Y ahora que has visto la clase de amante que soy... ¿Te arrepientes?

Su abandono le había hecho mucho daño. Pero sabía que no era nada personal contra ella.

–No puedo arrepentirme. Se trata de mí, más que de ti. Eso debería tranquilizarte.

Una sombra cruzó los ojos de Dante, siniestra y oscura. Pero antes de que ella pudiera analizarla había desaparecido.

Entonces se oyó un llanto agudo que rompió el momento.

–Ah, ya se ha despertado Ana –miró a Dante, que seguía desnudo ante ella.

–¿Qué ocurre?

–No sé... Me da vergüenza estar desnuda ante ti. Anoche era distinto; la habitación estaba a oscuras y yo estaba excitada, no enfadada.

–¿Estás enfadada conmigo?

–Sí. Lo superaré, pero por ahora lo estoy.

Dante asintió.

–Me daré una ducha para que te sientas más cómoda –se metió en el baño y cerró la puertas tras él.

Después de desayunar, Dante se pasó el día trabajando en su despacho. Hizo lo posible por evitar a Ana y a Paige, pero era difícil conseguirlo cuando parecían estar en todas partes. En la terraza, en la cocina, en el salón...

Se levantó y salió del despacho. Necesitaba salir a tomar el aire. Era tarde y las luces estaban apagadas. Todo estaba tranquilo y en silencio.

Bajó las escaleras y atravesó el salón para salir a la terraza. Y se detuvo en seco al encontrarse allí a Paige, acunando a Ana en brazos mientras le cantaba suavemente.

Se quedó petrificado, incapaz de moverse y de respirar, viendo cómo Paige le acariciaba el pelo a la pequeña con una expresión serena y cariñosa.

Los recuerdos de la nana que le cantaba su madre le atenazaron la garganta y le oprimieron el pecho. Se aflojó la corbata y se desabrochó el cuello de la camisa, intentando respirar. Se sentía rodeado, abrumado y agobiado. Como si le hubieran arrebatado el control de las manos.

Se apartó de la escena y subió de nuevo la escalera. Entró en su dormitorio y golpeó la pared con el puño, pero no bastó para borrar las sensaciones que le invadían el pecho. Volvió a golpear con más fuerza, haciéndose sangre en la mano y provocando un desconchón en la escayola. Bajó la mano al costado y contempló el desperfecto. No habría problemas para arreglarlo, pero esa no era la cuestión. Permaneció unos minutos sin moverse, mirando lo que había hecho. La prueba de lo que pasaba cuando perdía el control...

Entró en el baño y se echó agua fría en los nudillos ensangrentados, concentrándose en el dolor y en las consecuencias de sus actos. Tenía que sofocar las emociones que pugnaban por liberarse en su interior y pensar de nuevo con la cabeza despejada.

Necesitaba espacio. Decidió que pasaría la noche en la oficina, en la ciudad, lejos de aquella felicidad doméstica que le habían arrebatado tantos años atrás.

Solo un poco de espacio. Era todo lo que necesitaba para recuperar el control.

Capítulo 11

ANA NO se durmió hasta las once y media, y Paige seguía evitando a Dante. Lo cual no parecía tener mucho sentido, puesto que él la había estado evitando desde el día anterior por la mañana.

Después de comer él se había encerrado en su despacho. Y por la noche se marchó, dejando una breve nota en la que decía tener que ocuparse de un asunto urgente en el trabajo. Un sábado a las diez y media de la noche...

Y durante el domingo apenas lo había visto.

Paige se pasó casi todo el día con Ana en la terraza, pintando al oleo con unos colores y trazos que no reflejaban para nada la vista que tenía ante sus ojos. El océano estaba en calma, no como ella.

Dante estaba de nuevo en casa, encerrado en su despacho, y Paige no sabía cuál sería su comportamiento cuando volviera a verla. ¿Sería grosero, querría acostarse con ella o preferiría marcharse de casa antes que volver a compartir su lecho?

Bajó de puntillas por la escalera y se dirigió hacia la cocina en busca del helado de chocolate. Al abrir la nevera sintió una bocanada de aire frío en el rostro y se sintió confusa y solitaria. Más sola de lo que nunca se había sentido. Cuando Shyla murió fue muy duro, pero Ana la necesitaba y no tuvo tiempo para hundirse en la desgracia.

—Te estaba buscando.

Se giró y cerró la nevera, olvidándose del helado. Dante estaba allí, con el aspecto desaliñado que cabía esperarse al final de la jornada. Aunque en el caso de Dante, «desaliñado» significaba que se había quitado la chaqueta y que se había pasado la mano por el pelo unas cuantas veces. Por lo demás seguía impecable, con la corbata negra perfectamente anudada y la camisa blanca metida en los pantalones negros. Viéndolo, Paige sintió deseos de sacudir su compostura y descubrir al hombre que se escondía bajo aquella fachada de piedra. Necesitaba averiguar quién era realmente del que solo había atisbado breves destellos, como cuando hablaba de su madre o cuando se preocupaba por ella después de haberse acostado juntos. En esos escasos momentos demostraba una ternura increíble, incluso amor al mencionar a su madre, pero también una tristeza y un miedo desgarradores.

Sobre todo cuando las miraba a ella y a Ana. Paige se esforzaba por comprender, pero Dante ocultaba sus emociones enseguida y volvía a tomar el control.

Se sentía obligada a descubrirlo. A desenterrar todo lo que llevaba dentro. Lo bueno y lo malo. Tenía el presentimiento de que nunca podría alcanzar lo bueno si no sacaba también lo malo y lo exponía a la luz del sol.

Unos días antes ni siquiera se lo habría planteado, pues solo se debía a Ana en cuerpo y alma. Pero Dante empezaba a formar parte de su mundo. Y no era una parte cualquiera, lo cual la aterrorizaba.

—Pensé que tenías mucho que hacer, ya que es sábado y llevas corbata.

—Tengo trabajo, Paige. A eso me dedico.

—¿Y qué haces para divertirte?

Él dio un paso hacia ella.

—Se me ocurre una cosa...

A Paige le dio un vuelco el corazón.

–Ah, sí... Atiborrarte de helado de chocolate, ¿verdad? –se volvió hacia el frigorífico e intentó rebajar la tensión. Sería lo más conveniente, dadas las circunstancias.

–No exactamente.

Dante observó el empeño de Paige por ignorarlo mientras empleaba más tiempo del necesario en revolver los contenidos de la nevera. Seguramente fuera lo más sensato para sofocar la llama que prendía entre ellos.

Él llevaba todo el día intentando apagarla, trabajando sin descanso y haciendo pesas hasta destrozarse los músculos. El dolor era lo único efectivo para bloquear la necesidad que llevaba acosándolo desde que dejó a Paige sola en la cama, cuando lo único que deseaba era volver a poseerla, una y otra y otra vez.

Pero había otra clase de dolor que también quería erradicar, y era el que le golpeaba el pecho cada vez que veía a Paige con Ana en brazos. Una madre y su hija. El amor más verdadero que podía existir.

El amor que él había perdido.

Necesitaba aplastar aquellas emociones y enterrarlas bajo algo más intenso. El deseo, la lujuria y el sexo.

Sí, Paige estaba haciendo lo más sensato.

Y por una vez, él no lo estaba haciendo.

Inaceptable.

Se colocó tras ella y puso la mano en la puerta del frigorífico. Ella se puso muy rígida.

–No me ignores, Paige –se inclinó y le dio un beso en el cuello, haciéndola estremecer.

–No lo he hecho.

–Estabas intentando ignorar esto... –le recorrió el cuello con la punta de la lengua–, y sabes muy bien que no podemos.

–No lo sé. Soy demasiado inocente.

preliminares nunca habían tenido cabida en su concepción del sexo.

Hasta ese momento.

Se apartó y ella lo miró con los labios entreabiertos. Le introdujo el resto del cubito en la boca y dejó que se derritiera en su lengua.

Ella lo besó con sus fríos labios en el cuello y lo lamió con la punta de su lengua helada. Dante siempre se había valido del frío para contener sus emociones, reprimir sus deseos o despejar la mente. Pero en aquella ocasión no le sirvió para nada de eso. Las sensaciones lo abrasaban y el escalofrío de la piel, se evaporaba por el fuego que ardía en sus venas.

Paige se giró, volvió a abrir la nevera y sacó otro cubito de hielo con una pícara sonrisa. Le desabrochó los botones superiores de la camisa y le pegó el hielo al pecho. Un frío ardiente se propagó por su piel, absolutamente ineficaz para apagar las llamas.

Estaba temblando. Todo el cuerpo le palpitaba con la dolorosa necesidad de liberarse y hundirse en ella. Unirse a ella. Perderse en ella en busca del calor con que quemarse vivo.

La empujó contra el frigorífico, abandonando los últimos restos de autocontrol. Se presionó la mano de Paige contra el pecho, haciendo que el hielo se derritiera en su piel mientras la besaba con una voracidad insaciable.

Ella se liberó las manos y lo rodeó para sacarle la camisa de los pantalones y desabotonarla frenéticamente. Se la quitó de un tirón y la dejó caer al suelo.

A él no le importó lo más mínimo.

Le bajó el pantalón del pijama junto con las sencillas y prácticas braguitas de algodón... que demostraban lo poco que Paige se había esperado otro encuentro sexual. Las apartó con el pie y la agarró por el trasero para levantarla. Ella le rodeó la cintura con las piernas y le echó los brazos al cuello, y él se dio la vuelta y la sujetó contra la pared. Con una mano se desabrochó el cinturón, se bajó los pantalones, se sacó la erección y la introdujo por la empapada abertura de Paige.

Ella se agarró con fuerza y le clavó las uñas en la piel, pero el dolor solo servía para enloquecerlo aún más.

–Sí... –la penetró con fuerza, hundiéndose en aquel cuerpo cálido y perfecto, y ella jadeó y abrió los ojos–. ¿Estás bien?

Ella se mordió el labio y asintió. Era absolutamente perfecta. Paige... No había nadie como ella. Ninguna otra mujer lo había hecho sentirse jamás de aquella manera.

Y entonces dejó de pensar y solo fue capaz de sentir. El ardor del pecho, la dureza de los músculos, la presión de la liberación inminente. Apretó los dientes y agarró con fuerza las caderas de Paige para embestirla salvajemente.

Ella echó la cabeza hacia atrás, contra la pared, y soltó un grito ahogado mientras sus músculos internos se tensaban alrededor de la erección.

Dante aumentó el ritmo y la fuerza de las embestidas, hasta que un placer casi doloroso estalló en su interior, propagándose por sus venas y músculos mientras se vaciaba en ella.

Le temblaban los muslos. Dejó a Paige de pie en el suelo y se arrodilló ante ella, apoyando las manos en la pared.

Agachó la cabeza e intentó recuperar el aliento y pensar con claridad. Se sentía lleno y al mismo tiempo consumido, debilitado y exhausto, pero al mismo tiempo lleno de aquel deseo que aún seguía ardiendo en su pecho y en sus huesos.

Se separó de la pared y de Paige y se levantó.

–Voy a darme una ducha –dijo. Tenía que escapar. Poner distancia entre ellos. La necesidad de alejarse era aún más fuerte de lo que había sido después de la primera vez.

Se dio la vuelta y se marchó, dejándola allí, desnuda contra la pared de la cocina, y sintiendo el remordimiento pegado a su piel como una capa viscosa.

En el baño, abrió el agua fría y se metió bajo el chorro para intentar desprenderse de la sensación. Para que se le entumecieran los músculos y no sintiera nada. Se apoyó en la pared de azulejos y trató de respirar con calma bajo el agua helada.

Pero el frío, que normalmente lo ayudaba a despejarse, le hacía pensar en el cubito de hielo con que Paige le había rozado el pecho, seguido por sus cálidas manos, sus labios y...

Había perdido la cabeza. Ella lo había hecho enloquecer y traspasar el punto de no retorno.

Y él sabía muy bien que toda pérdida del control tenía su precio. Lo había hecho sin preservativo. Sin pensar en lo dulce e inocente que era Paige realmente. Sin la menor consideración por ella, olvidando que no era la clase de mujer con la que se podía hacer una salvajada semejante.

Golpeó el azulejo con el puño. Se hizo daño en la mano, pero volvió a golpear. Y otra vez, y otra, y otra, hasta que el dolor le llegó al hombro y sintió el escozor del agua sobre la sangre. Pero nada podía borrar el recuerdo del placer, mil veces más fuerte que el remordimiento y el castigo. Agachó la cabeza y esperó a que el agua arrastrara sus sentimientos por el desagüe.

Paige consiguió vestirse y comerse un cuenco de helado. Estaba demasiado aturdida para enfrentarse a

Dante. Le había hecho cosas que nunca se había imaginado, ni siquiera en sus fantasías más salvajes. Y ella le había hecho cosas a él que...

Cielos.

Y luego se había marchado, sin darle ninguna explicación. A Paige se le ocurrían miles de razones, pero ninguna la convencía. Dante era un hombre extremadamente complejo y sería imposible analizarlo en cinco minutos con un cuenco de helado.

Se levantó, dejó el cuenco vacío en el fregadero y subió las escaleras. Ana seguía durmiendo, ajena al embrollo que mantenían los dos adultos. Tenía que elegir: ¿su habitación o la de Dante?

Habían acordado que lo harían mientras ella viviera en aquella casa. Pero el comportamiento que Dante había demostrado después de la primera vez no invitaba a compartir su cama.

Tendrían que encontrar un punto medio. Ella no iba a acostarse con él para luego regresar a su habitación como si estuvieran haciendo algo a escondidas. De eso nada.

No quería implicarse emocionalmente, aunque temía que ya fuera demasiado tarde para impedirlo. Pero aun así, tenía muy claro lo que deseaba y él tendría que aceptarlo. Ella no era una experta, pero sentía que dormir juntos era una parte esencial del sexo. Y además sentía una certeza que nunca había tenido. Dante la deseaba, y eso le confería a ella poder de negociación.

Entró sin llamar en la habitación de Dante, pero allí no estaba. Oyó el agua de la ducha, pero no había vapor ni se sentía calor alguno.

Caminó hacia la puerta del baño y llamó con manos temblorosas.

—¿Dante?

No recibió respuesta. Solo se oía el agua.

—Dante —volvió a llamar, con más fuerza.

Empujó la puerta y se encontró con una imagen que le paralizó el corazón.

Dante estaba de pie en la ducha, con las manos en la pared y la cabeza agachada. Los músculos le temblaban bajo el agua helada que le caía por la espalda, enrojeciéndole la piel.

–¿Pero qué haces? –le preguntó. No quería saberlo, pero tenía que preguntarlo.

Él levantó la cabeza, inexpresivo, con los labios grises y la mirada vacía. Paige se puso rápidamente en movimiento y agarró una toalla para tendérsela.

–Sal de ahí.

–No ha funcionado –dijo él en voz baja y temblorosa.

–¿Qué no ha funcionado? ¿Todavía no se te han congelado los testículos? ¡Sal de ahí, he dicho!

–Siempre hay que pagar, Paige... El placer tiene un precio.

A Paige se le encogió el corazón. Lo que Dante decía no tenía ningún sentido para ella, pero para él era algo muy serio. Y sus palabras arrastraban un peso que podría aplastarlos a ambos.

Le puso la mano en la espalda. Tenía la piel helada.

–Un poco de frío puede ser erótico, pero esto me parece excesivo –se echó la toalla sobre el brazo y agarró a Dante por los hombros para sacarlo de la ducha. No lo consiguió por la fuerza, sino porque él no se resistió.

No parecía él. Su cuerpo, normalmente sólido y cálido, parecía debilitado y tembloroso. Y sus ojos... ya no parecían inertes, sino llenos de angustia. Tal era el sufrimiento que reflejaban que Paige quiso apartar la vista. Pero no lo hizo. Le sostuvo la mirada mientras lo secaba con la toalla.

–Vamos a la cama.

Tampoco esa vez opuso resistencia y la siguió al

dormitorio, donde se metió en la cama. Paige se desnudó y se acostó junto a él, apretando los pechos contra su fría espalda y rodeándolo con los brazos mientras él tiritaba.

Se le escapó una lágrima y hundió la cara en su omoplato.

—Estás helado.

—De eso se trata —dijo él con una voz un poco más firme.

—¿Por qué?

—Una costumbre, supongo.

—¿Te das duchas frías después del sexo?

—No. Es una especie de castigo. Mi penitencia.

—¿Por qué? —le preguntó, intentó disimular su horror—. ¿Por tus pecados?

—Por sentir. Por perder el control...

—¿Pero por qué? —Paige seguía sin entender nada.

—Porque, *cara mia,* en esta vida nada es gratuito. Todo tiene un precio. Sobre todo las emociones, y especialmente la pasión. La vida está hecha de luces y sombras, de lo bueno y lo malo. Lo contrario del amor es el odio, y la línea que los separa es muy fina.

—No creo que el amor y el odio estén tan cerca el uno del otro.

—Te equivocas. Tú nunca has visto la otra cara del amor, pero yo sí. Te hablé de mi madre. Te dije que había muerto y que recuerdo cómo me acariciaba y me cantaba. Pero también recuerdo su muerte... Mi padre la mató, mientras yo lo presenciaba todo detrás del sofá, sin poder hacer otra cosa que taparme los oídos. Nunca olvidaré cómo es ver morir a alguien. A mi madre. Mi propia madre. Nunca olvidaré tenerla en mis brazos mientras me abandonaba para siempre. Eso es lo que sucede cuando pierdes el control y te dejas dominar por la pasión. Por eso tengo que pagar.

Ella lo abrazó con fuerza, llorando pegada a su espalda.

–¿Por qué tienes que pagar, Dante? –era lo único que podía decirle. No había consuelo posible.

–Para que nadie más tenga que hacerlo.

Paige estaba agotada, pero no podía dormir. Permaneció abrazada a él, transmitiéndole el calor de su cuerpo, hasta que la luz del alba empezó a invadir la habitación.

Ojalá encontrase la manera de hacer lo mismo por él. Llevar una luz a su alma para que borrase las sombras del pasado.

Capítulo 12

VAMOS a adelantar la boda a la semana que viene. Dante entró en el despacho de Paige el martes al mediodía. Algo extraño, teniendo en cuenta que la había ignorado todo el día anterior y que se había pasado la noche en la oficina.

Paige había tenido que conducir ella misma hasta Colson's aquella mañana y seguía molesta por la desaparición de Dante.

Sabía por qué lo había hecho. Estaba muerto de miedo. Pero ella se había imaginado cosas horribles, como que había sufrido un accidente de tráfico y que estaba agonizando en alguna cuneta. Lo había llamado por teléfono, pero no había obtenido respuesta y el orgullo le impidió repetir la llamada más de cinco veces. Al final se fue a dormir a la cama de Dante y aspiró el olor que impregnaba la almohada. Al parecer, el sexo la ponía sentimental.

–No puedes adelantar una fecha que no está programada –repuso ella en tono irónico–. Y en cualquier caso, es demasiado pronto.

–No, no lo es. Es hora de que acabemos con esto. Mi casa no es una pensión.

Sus palabras fueron tan hirientes como una bofetada en el rostro.

–No, claro. Disculpa por haberme hecho una idea equivocada. Pero en mi defensa debo aducir que no deberías haber puesto un mostrador de recepción con una campanilla junto a la puerta.

–Paige...

–Dante... –respondió ella, imitando su tono.

–Sabes lo que quiero decir.

–Sí, que estás siendo ofensivo y grosero. ¿Es eso? Porque lo has dejado muy claro.

–Quiero decir que esto no es permanente.

–Eso ya lo sé. No dejas de recordármelo.

–¿Quieres conseguir la adopción lo antes posible, o prefieres continuar con esta rutina?

–Quiero conseguir la adopción.

–Me lo figuraba.

–Así que vamos a casarnos el lunes que viene... ¿Qué hay de la adopción?

–He donado una generosa cantidad de dinero a los servicios sociales. Eso facilitará el resto del proceso.

–¿Has comprado la adopción?

–Más o menos. Si descubren algo terrible sobre nosotros no lo tendrán en cuenta.

–¡Esta sí que es buena! –exclamó Paige, fuera de sí. Se levantó y apartó la caja de adornos con una patada–. Tuve que trabajar durísimo para demostrarles que podía ser una buena madre, todo porque era soltera y vivía en un apartamento minúsculo. Pero tú, en cambio, puedes pasearte por ahí sin preocuparte por tu mala reputación ya que tienes dinero de sobra para lavar tu imagen.

–Lo siento si eso te enfada, pero supongo que se te pasará al saber que todo acabará pronto.

Paige se llevó la mano a la boca y se sentó en el borde de la mesa.

–Tienes razón... Ana va a ser mi hija –volvió a levantarse y rodeó a Dante con los brazos–. Muchas gracias.

Él permaneció inmóvil, muy rígido, mientras ella se ponía de puntillas y lo besaba en la mejilla.

–Hoy no tengo purpurina.

–Mejor –murmuró él, apartándose.

–¿Asistirán tus padres a la boda?

Dante tardó unos segundos en responder.

–Habrá que invitarlos. Preferiría no mentirles.

–No quiero que nadie lo sepa. Ya sé que estoy siendo egoísta, pero si algo pone en riesgo la adopción...

–Lo entiendo.

–Y yo entiendo que no quieras mentirles. Son tus padres y...

–Sí, lo son.

–Fueron muy buenos contigo, ¿verdad? –Dante siempre hablaba de ellos de una forma casi impersonal.

–Sí, mucho. Me ofrecieron la guía que tanto necesitaba. Me ofrecieron mi propio espacio, algo que nunca había tenido, y muchas cosas más.

Paige comprendió por qué Dante era tan meticuloso con todo. Se había pasado ocho años de una familia de acogida a otra, y eso implicaba muchos cambios y pocas pertenencias.

–¿Amor?

Dante se encogió de hombros.

–No lo necesito.

Su respuesta la horrorizó, aunque después de todo lo ocurrido ya nada debería sorprenderla.

–Pero... ¿te querían?

La expresión de Dante se congeló.

–No es que yo no... –dejó la frase sin terminar. Era evidente que no podía hablar de ello.

–Lo sé. Y seguro que ellos también lo saben.

–Seguramente les hará mucha ilusión la boda, aunque no sé qué dirán cuando los avise con tan poco tiempo –dijo con un atisbo de sonrisa.

–Seguro que les parecerá bien.

–Hay otra cosa que debo decirte.

¿Una disculpa, tal vez? Eso estaría bien. Paige aceptaría sus disculpas con mucho gusto.

–¿Qué?

–La otra noche no usé protección.

Paige tuvo una ligera decepción. No era una disculpa.

–Oh.

–Necesito saber si estás embarazada. Espero que me lo digas.

–Por supuesto.

Sintió un momento de pánico. ¿Qué haría si estuviera embarazada? ¿Cómo podría afectar a Ana y a la adopción? ¿Tendría dos hijos una madre soltera? Ni siquiera estaba del todo segura de que pudiera criar a uno...

–Bien.

–Pero no estoy embarazada –tenía que creerlo, porque la alternativa era aterradora. Otro ejemplo de su tendencia innata a estropear algo que iba bien.

–No lo sabes.

–Maldita sea, Dante, tengo que creer que no lo estoy.

Él soltó una amarga carcajada.

–No te culpo por no querer estarlo. Has oído de todo sobre mis genes... Y has sido una espectadora privilegiada de cómo puede ser mi carácter.

–No se trata de eso –protestó ella–. Pero respóndeme con sinceridad. ¿Te quedarías conmigo si lo estuviera? ¿O me vería sola con dos niños?

–Estarías mucho mejor sin mí.

–Supongo que eso responde a mi pregunta.

–Me quedaría contigo, pero es mejor que no nos veamos en esa situación.

–No quiero que nadie esté conmigo por obligación.

–Pues así sería si llevaras dentro un hijo mío. Nunca eludo mis responsabilidades.

A Paige se le contrajo dolorosamente el estómago. Dante parecía... resignado.

–Querrías... querrías a nuestro hijo, ¿verdad?

–No creo que pudiera.

–No lo dices en serio. Solo tienes que dejar atrás el pasado y... y...

Los ojos de Dante ardieron peligrosamente.

–Mira a tu alrededor, Paige. Todo lo que ves me pertenece. ¿Crees que necesito hablar de mis sentimientos? ¿Crees que necesito un psiquiatra? ¿Para qué, para que me escuche? ¿Así se arreglará todo? ¿Me devolverá a mi madre? ¿Sacará de mis venas la sangre de un padre asesino? ¿Me convertirá en un hombre feliz y capaz de amar? –sacudió la cabeza–. Tú vives en el país de las maravillas, pero en el mundo real las cosas no son así. No se puede arreglar todo.

–Dante, eso no es... Yo no trato de quitarle importancia a...

–Sí, sí lo haces. Esta semana debo hacer un viaje de negocios. Volveré a tiempo para la boda. Todo está preparado. Lo único que tenemos que hacer es presentarnos a la ceremonia.

–¿Te marchas?

–Tengo negocios que atender.

–Muy bien –rodeó la mesa y se sentó, con el corazón en un puño. No sabía en qué punto se encontraban, salvo que ambos estaban furiosos y que Dante iba a marcharse sin haber arreglado la situación. Por desgracia, no se imaginaba cómo se podría arreglar.

Dante se acercó a la mesa, apoyó las manos en la superficie y se inclinó hacia ella para besarla en la boca. Paige se quedó momentáneamente aturdida, pero superado el desconcierto entrelazó la lengua con la suya y los dedos en sus cabellos.

Sin embargo, él se apartó y la miró con expresión severa.

–Cuando vuelva nos casaremos. Y luego tendremos nuestra noche de bodas.

Los medios de comunicación habían acusado frecuentemente a Dante de tener un comportamiento execrable, pero casi siempre se debía a la imagen que habían creado en torno a él.

Aquella vez, sin embargo, y sin más testigos que Paige, se habría merecido todas las críticas.

No podía evitarlo. En su mundo todo estaba perfectamente ordenado y controlado, y Paige parecía decidida a sacudir los pilares que sustentaban ese orden.

No sabía por qué le había hablado tanto de su madre. O por qué se daba duchas frías y aporreaba la pared hasta hacerse sangre. Al confesarlo parecía una locura, y seguramente lo fuera. Pero era su manera de controlar las emociones, como llevaba haciendo desde joven. Si conseguía ser el único que pagara las consecuencias, nadie más resultaría herido. Y así había sido durante años, ajeno a cualquier debilidad y emoción... hasta que Paige irrumpió en su vida y todo saltó por los aires.

A pesar de todas sus precauciones había cometido un error fatal. Paige podía estar embarazada. De un hijo suyo. Y él no servía para ser padre. Ni siquiera podía mirar a Paige y a Ana sin que lo asaltaran los recuerdos de su madre. No podía ni tocar a Ana, porque la pequeña le recordaba lo indefenso y vulnerable que se había sentido de niño.

¿Cómo iba a tener un hijo que llevara la misma sangre envenenada que él había heredado de su padre?

Toda su vida se había esforzado por mantener el control. Al final había fracasado y sería Paige quien pagara las consecuencias. O Ana. O su futuro hijo... Todos vinculados a él por culpa de un descuido imperdonable.

Podría posponer el viaje de negocios si quisiera, pero necesitaba recuperar el control. Y para ello debía poner distancias.

Porque mientras Paige estuviera cerca, mientras tuviera que verla y contemplar sus deliciosas curvas, escuchar el sonido de su voz y oler su fragancia a flores, no sería capaz de controlar y reprimir sus emociones.

Tenía que hacerlo. No le quedaba otra opción.

Aunque ya fuera demasiado tarde...

Dante regresó a su casa de San Diego el día de la boda, a medianoche. Había sido un viaje muy largo y cansado, y por las noches la cama le había resultado fría y vacía.

Le había prometido a Paige una noche de bodas, o más bien la había amenazado con ello, pero no creía que a Paige la entusiasmara mucho la idea. Y no sería extraño, después de haberse comportado como un idiota con ella.

Pero los días que había pasado fuera le habían servido para recuperar el control de su mente y su cuerpo. Cualquier cosa que les deparara el futuro, la afrontarían con frialdad y sentido común... siempre que él mantuviera las distancias emocionales.

Entró en casa, pero en vez de encontrarse con el silencio esperado oyó el llanto indignado de Ana. Subió la escalera y fue al cuarto de la niña, esperando encontrarse con Paige.

Pero ella no estaba allí.

Oyó el agua del baño en la habitación contigua. Paige se estaba duchando, confiando en que Ana estaría dormida como solía a estar a aquellas horas.

Pero la niña estaba despierta y lloraba desconsoladamente. Su llanto era tan desgarrador que evocó en Dante la imagen de un niño en el suelo, llorando por una madre que jamás volvería.

Se acercó a la cuna de Ana con el corazón latiéndole fuertemente y tragó saliva mientras se inclinaba hacia ella.

–¿Por qué lloras, princesa?

Ella lo miró con sus grandes ojos de búho y siguió llorando.

Dante le puso la mano en la barriga. La niña dejó de llorar en el acto y se retorció bajo la palma con una expresión de curiosidad. Pero cuando él no la satisfizo comenzó a llorar de nuevo.

Dante tenía dos opciones: podía ir a avisar a Paige o podía ocuparse él mismo de la situación.

Nunca había tenido a un niño en brazos, pero había visto con cuánto cariño y ternura lo hacía Paige. La apretaba contra el pecho para hacerla sentirse querida y segura. Y... si la imprudencia de Dante había resultado en un embarazo, también él tendría que aprender a hacerlo.

Se dobló sobre la cuna y tomó a Ana en brazos, apretándosela contra el pecho. La incomodidad que rayaba en el miedo cada vez que veía a Ana empezó a desaparecer, barrida por la ternura que reflejaba el rostro de Paige cuando abrazaba a su hija. No quería reconocerlo, pero seguramente no hubiera nada de malo en sentir ternura por un niño. Tal vez no todo estuviera congelado en su interior...

Ana dejó de llorar y pegó la cara a su pecho. El corazón le latía deprisa, como el de un pajarillo.

–¿Esto es todo lo que querías? –le preguntó Dante–. ¿Que te tuvieran en brazos?

La pequeña respiraba sosegadamente, tranquila y segura en los brazos que la sostenían. De pronto se removió y empezó a gimotear. Dante se sentó en la mecedora y comenzó a acunarla.

Recordó que Paige le había pedido la primera noche si podía cantarle una nana, y él le había dicho que no conocía ninguna.

Le había mentido.

El llanto de Ana se hacía más fuerte.

Dante respiró hondo y le acarició la espalda. No podía pronunciar las palabras. Le oprimían la garganta, junto a la imagen del niño pequeño en el suelo. Aquella fue la última vez que había cantado la nana. La última vez que las palabras salieron de su boca.

Siguió acariciando a Ana, sintiendo su calor. Su aliento. Su vida. No estaba fría. No había muerto.

Volvió a respirar hondo y comenzó a cantar.

–*Stella, stellina, la notte si avvicina...*

Ana se calmó al oírlo y lo miró fijamente. A Dante se le formó un nudo en el pecho y casi se le cerró la garganta, pero siguió cantando. Hasta el final.

–*E tutti fan la nanna nel cuore della mamma.*

«Y todos duermen en el corazón de mamá».

Ana apoyó la cabeza en su pecho y él le puso la mejilla en el pelo.

–Y en el corazón de papá –dijo sin pensar.

Las palabras lo devolvieron a la realidad. Ana no tenía padre. Y él no podía llenar ese hueco. Ni tampoco podía ser un marido para Paige. No estaba hecho para ser ninguna de las dos cosas.

No tenía nada que ofrecer. Unos minutos cantando una nana en una mecedora no cambiaban nada. Si permitía que algo cambiara, que se abriera un mínimo resquicio en su armadura, todo se desmoronaría como un castillo de naipes. Y el terror y sufrimiento que vivían en él se desatarían sobre las personas inocentes que lo rodeaban.

Eso no podía suceder. Jamás.

Sin embargo, permaneció sentado en la mecedora, ajeno a la realidad, con una criaturita en brazos que confiaba plenamente en él. Sí, la pequeña Ana confiaba en él porque nunca había estado con nadie que quisiera hacerle daño.

Dante no rezaba, pero en aquel momento rezó para que Ana nunca estuviera en brazos de un ser cruel y malvado.

Capítulo 13

ERA el día de su boda. Le resultaba extraño porque nunca había pensado mucho en aquel día, y las pocas veces que lo había hecho se imaginaba una explosión de color y purpurina, con amigos y familiares.

Pero no tendría nada de eso, porque le había ocultado su compromiso a sus padres y hermanos para que todo fuera más fácil.

Vestida con su bonito pero insípido traje de satén y con el pelo recogido para ocultar las mechas rosas, se sentía un poco triste por su falta de apoyo y por no haber imprimido su sello personal a todo aquello.

Aunque sería ridículo plantearselo como algo personal, ya que no era más que un matrimonio temporal con un hombre que no significaba nada para ella. Un hombre que era su jefe. El hombre más fascinante y sexy que había conocido en su vida. Su amante.

Aun así, no había motivos para ponerse nerviosa.

Por desgracia, estaba nerviosa. Y mucho.

Lo estaba desde la noche anterior, cuando salió de la ducha y encontró a Dante sentado en la mecedora, con Ana en brazos, cantándole una nana.

Aquella imagen hizo que algo se le desatara en el pecho. Desde entonces se sentía distinta. Y vulnerable.

Respiró hondo y se agarró la falda del vestido. No tenía tiempo para distraerse. Ana ya estaba en la iglesia, con Genevieve. Habían decidido incluir a Ana en la ceremonia porque, en el fondo, todo aquello era por ella.

Paige esperaba que Ana jamás dudase de lo mucho que se la quería. Aquella boda solo era un ejemplo de lo que estaría dispuesta a hacer con tal de garantizar la seguridad y felicidad de su hija. Por ella caminaría descalza sobre las brasas. Una simple ceremonia con un corsé y un poco de maquillaje no suponían un gran esfuerzo.

–¿Señorita Harper? –la organizadora del evento, quien lo había preparado todo en el último minuto, asomó la cabeza en la sala de espera.

–¿Sí?

–Es la hora.

Paige asintió y se encaminó a la entrada de la iglesia. Dos grandes puertas de madera se erguían ante ella. Del interior salían la música y los murmullos.

–Dante, Genevieve y Ana ya están en sus sitios. Usted espere hasta que yo le haga la señal.

Paige volvió a asentir, incapaz de articular palabra.

La organizadora le dio la señal y las puertas se abrieron. Paige respiró profundamente y echó a andar por el pasillo, con el corazón latiéndole desbocado.

No le gustaba nada ser el centro de todas las miradas. Temía dar un traspié y quedar en ridículo ante un millar de personas.

Continuó avanzando, lentamente, un pie detrás de otro. Sin levantar la mirada en ningún momento. La primera a la que vio fue a Ana, en brazos de Genevieve. Llevaba un vestido blanco con volantes y una diadema con una flor de gran tamaño.

Al llegar al final, cuando llegó el momento de agarrar la mano de Dante, levantó finalmente la vista y lo miró. Y fue como si la iglesia, la ciudad, el mundo entero se desvaneciera ante la imponente figura de Dante. El esmoquin acentuaba su esbelta anatomía y la luz de las velas realzaba sus fuertes pómulos y recio mentón.

La tomó de las manos y el reverendo dio inicio a la ceremonia. Paige logro pronunciar los votos sin equivocarse y sin que se le trabara la voz. Pero cuando Dante recibió permiso para besarla y sus labios se rozaron, se sintió invadida por el pánico y al mismo tiempo por una euforia incomparable. Dante no solo era su jefe. No solo era el hombre que la estaba ayudando. No era solo un marido temporal. No era solo su amante.

Dante era el hombre al que amaba. El único hombre al que había amado en su vida. El hombre por quien merecía la pena correr el riesgo. El hombre que la había hecho sentirse deseada. Y ella estaba dispuesta a luchar por él. A arriesgar su corazón por él.

Porque lo amaba.

Sabía, no obstante, que Dante saldría huyendo despavorido si le oía decir algo así, de modo que no dijo nada y siguió besándolo.

—Yo os declaro, no solo marido y mujer, sino una familia unida —concluyó el reverendo.

Genevieve le tendió a Ana y Paige la estrechó contra el pecho mientras Dante la agarraba de la mano libre.

—Es para mí un orgullo presentar a la familia Romani.

Dante estaba sonriendo. Era la clase de sonrisa destinada a aparecer en la prensa e impresionar a los servicios sociales. Paige lo sabía, porque podía ver el vacío de sus ojos.

A ella, en cambio, le resultaba difícil fingir después de la revelación que acababa de tener.

No estaba segura de cómo ni cuándo había sucedido. Cuándo una simple atracción se había convertido en algo más profundo y real. Debió de ser en algún momento entre la irrupción de Dante en su oficina cual ángel vengador para exigirle una explicación, y cuando lo vio acunando y cantándole a Ana con una ternura que ella nunca le había visto.

Recorrieron el pasillo de la iglesia entre los aplausos y vítores, y Paige se preguntó quiénes serían los invitados. Amigos de la familia de Dante, seguramente.

Se obligó a sonreír y él se inclinó hacia ella para aparentar una muestra de afecto.

–Sonríe.

–Estoy sonriendo.

Las puertas se abrieron para ellos y entraron en el vestíbulo.

–No es verdad –le dijo él cuando las puertas se cerraron tras ellos.

–No soy tan buena actriz como tú.

A Dante pareció contrariarlo la respuesta. ¿Por qué, si al fin y al cabo también él estaba actuando?

–Pues tendrás que hacerlo mejor. Vamos al banquete y vas a conocer a mis padres.

Dante observaba a Paige, pálida y agotada, intentando conversar con los invitados en el gran salón de baile. Parecía a punto de caer rendida. Ana ya se había dormido un rato antes y estaba en brazos de Dante, apretando la carita contra su hombro. Era extraño lo fácilmente que se había acostumbrado a tenerla en brazos, después de haberla evitado durante tanto tiempo. Le parecía algo sencillo y natural.

Don y Mary, sus padres adoptivos, se acercaron a él, rozándose ligeramente con cada paso. En público nunca se habían mostrado exageradamente afectuosos, pero ofrecían una imagen de unión y solidaridad.

–Dante –Mary le dio un beso en la mejilla y puso la mano en la espalda de Ana–. Nos alegramos mucho por ti.

Él asintió, asaltado por una incómoda sensación.

–Creíamos que nunca sentarías la cabeza, y de re-

pente te vemos casado y con una hija –dijo Don, sonriendo–. Y una nieta para nosotros.

–Para mí también ha sido una sorpresa –admitió
Dante, invadido por la culpa.

Paige se acercó y le puso la mano en el brazo.

–Ustedes deben de ser los padres de Dante.

–Y tú la mujer más inesperada del mundo –dijo
Mary–. Nunca imaginamos que Dante eligiera una vida
familiar.

–Bueno... digamos que le eché bien el lazo. No tuvo
ocasión de elegir nada.

Don y Mary se rieron. Sonaba demasiado absurdo
para ser verdad... pero lo era, salvo por el detalle de que
no había tenido elección. Dante habría podido apartarse
en cualquier momento, pero había algo que lo retenía.
Y no se imaginaba qué podía ser.

Ana se movió en sus brazos y sintió un extraño tirón
en el pecho.

–Tenemos una sorpresa para vosotros –dijo Don–.
Dante nos dijo que no tendríais luna de miel por la niña.
De modo que Mary y yo hemos pensado en quedarnos
con Ana esta noche y mandaros a un hotel del centro.

A Dante le hirvió la sangre en las venas al pensar en
una noche a solas con Paige.

–¿En uno de nuestros hoteles?

–Naturalmente –corroboró Don, riendo.

–No sé –dijo Paige–. Es...

Mary le puso la mano sobre la suya.

–Ya sé que no nos conoces, pero Dante sí. Y ahora
somos los abuelos de Ana. Queremos formar parte de
su vida.

Paige se puso aún más pálida de lo que estaba.

–Claro. Por supuesto.

Dante le tendió a Ana a Mary. La pequeña se removió y abrió los ojos, pero no se puso a llorar ni protestar.

Era algo que a Dante lo fascinaba; la niña parecía juzgar instantáneamente a las personas y decidir cuál debía ser su reacción.

En muchos aspectos podría haber sido su hija. Era decidida y centrada.

La idea apagó el fuego que lo consumía por dentro. Ana no era su hija y nunca lo sería.

Igual que Paige no era su mujer. Y nunca lo sería, por el bien de ambos. Dante confiaba en que no estuviera embarazada, pero al mismo tiempo albergaba un atisbo de esperanza que se esforzaba por ignorar. La esperanza de que estuviera embarazada y de que se quedara con él.

No. Tendría su miniluna de miel y disfrutaría de la noche de bodas. El hecho de que hubieran firmado un documento no cambiaba nada ni lo hacía real.

No podía olvidarlo.

La suite era impresionante. Y Paige estaba temblando.

Apenas había intercambiado un par de palabras con Dante durante una semana, y de repente iban a estar desnudos para tener sexo otra vez. Genial, salvo por el alto precio emocional que tendría que pagar para acostarse con él.

–Tus padres han sido muy generosos –comentó.

–Sí –respondió él secamente.

–¿Este es el hotel de tu padre? –sabía que Dante llamaba a sus padres por sus nombres de pila, pero a ella le resultaba incómodo.

Cruzó la elegante y moderna habitación hasta la ventana que ofrecía una vista espectacular del barrio Gaslamp. La ciudad se extendía a sus pies como una alfombra de luces, llena de vida a pesar de la hora. Pero desde el ático del hotel todo parecía lejano e irreal.

Era como estar viviendo una realidad alternativa, separada del mundo exterior y por eso tan segura como peligrosa.

Se giró hacia Dante y el corazón le dio un brinco al verlo tan arrebatador y atractivo. Se había aflojado la corbata y desabrochado los botones superiores de la camisa, como si los acontecimientos del día hubieran traspasado su preciada armadura.

Y Paige comprendió entonces que aquella fachada de indiferencia y desapego no era más que una técnica de supervivencia para proteger al niño pequeño que ocultaba en su interior. El niño que había visto morir a su madre a manos del hombre que más debía protegerla y amarla.

También podía ver que los padres adoptivos de Dante le profesaban un afecto sincero y profundo, pero que Dante no podía o no quería darse cuenta. Seguía encerrándose en sí mismo, protegiéndose contra el dolor.

Lo mismo que había hecho ella durante casi toda su vida... No sentir para no sufrir. No intentarlo para no fracasar.

—¿Champán? —le ofreció, dirigiéndose hacia la cocina, donde había un cubo de hielo y dos copas de cristal.

—¿Por qué no? Es lo que hacen los recién casados la noche de bodas.

—Sí, además de otras cosas. Me prometiste una noche de bodas en toda regla.

Dante bajó la mirada. Un mechón de pelo oscuro cayó sobre su frente.

—Es verdad, y tengo que pedirte disculpas por ello... por la forma en que traté antes de marcharme.

—Ya está olvidado, Dante.

—No, no lo está. Me comporté como un imbécil y merezco que estés furiosa conmigo.

–Pero no lo estoy. Desde la primera noche que pasé contigo no tenía intención de dormir sola en nuestra noche de bodas, así que tu demanda se corresponde con mis intereses.

–Eres imposible, Paige –le dijo él con una mueca tan seria e irritada que ella casi se echó a reír.

–Sí, eso me han dicho –sacó la botella del cubo, la descorchó y sirvió dos copas–. Me lo han dicho muchas veces, pero no puedo cambiar. Un hombre me dijo una vez que quizá el problema no lo tuviera yo, sino los demás.

Dante aceptó la copa y ambos brindaron.

–Por que sigas siendo imposible.

–Brindo por ello –tomó un sorbo de champán sin apartar los ojos de los suyos–. ¿Sabes? Las otras veces que me han criticado por ser imposible no fue por ser cabezota. En realidad, nunca he sido una cabezota sino todo lo contrario. Era imposible porque no me aplicaba. Porque nunca escuchaba a mi madre cuando me decía que debía poner más empeño. O porque en algún momento dejé de escuchar.

–Explícate.

–Mis hermanos eran los alumnos más aventajados y populares de la escuela. Mi hermana en los estudios y mi hermano en los estudios y el deporte. Todo el pueblo los quería y admiraba, como si fueran héroes. Mi hermana participaba en los concursos naciones de ortografía y en las olimpiadas de matemáticas. Mi hermano llevó el equipo de fútbol del instituto a la victoria en los campeonatos estatales. Mi hermana se graduó con las mejores notas...

Tomó otro sorbo de champán e intentó contener las lágrimas. Era ridículo que el pasado le siguiera doliendo después de tanto tiempo.

–Y luego estaba yo. Intentaba prestar atención en

clase y sacar notas mejores, pero no lo conseguía y se me acusó de no poner el suficiente empeño. Yo me esforzaba de verdad, con todas mis fuerzas. Me esforzaba por estudiar, por hacer amigos y por encajar. Pero me resultaba imposible y al final dejé de intentarlo. Decidí que si no me importaba no sufriría. ¿Recuerdas el incidente con los aparatos? Si me reía con los demás y bromeaba con el asunto, resultaba divertido que le hubiera cortado la lengua a un chico durante mi primer beso. Igual que cuando me dieron un panfleto en el pasillo en que aparecía una foto mía cubriéndome el pecho y con la cara manchada de huevos. Si podía reírme pasaría a formar parte de la broma en vez de ser el blanco de las burlas. Así que... dejé de esforzarme por conseguir lo imposible.

Dante frunció el ceño.

—Nunca me has parecido una mujer que no se esfuerce, Paige. Nunca.

—Ahora no –corroboró ella–. En los últimos tres años he cambiado mucho, desde que me mudé y conseguí el trabajo en Colson's. Ahí descubrí que podía ser buena en algo, aparte de pintar óleos.

—La gente gana mucho dinero pintando óleos –señaló él.

—Sí, pero yo no. Y nadie, ni siquiera mi familia, pensaba que tuviera talento.

—Porque estaban ciegos –espetó él–. Tienes un don para el color y el diseño. Me cuesta entender que nadie lo viera.

A Paige le produjo una ligera satisfacción que se enfureciera por la injusticia sufrida, pero no se lo estaba contando por eso.

—Y luego apareció Ana. De repente había otra persona que dependía de mí. Me volqué por entero en ella sin pensar en el fracaso, porque no podía fracasar. Por

Ana tenía que hacerlo bien a toda costa, y entonces descubrí que podía lograrlo. Con tu ayuda, de acuerdo, pero...

–Pero fue tu empeño y obstinación lo que consiguió que yo te ayudara.

–Ignoraba que pudiera hacerlo –miró las burbujas de su copa mientras elegía con cuidado sus palabras–. Pero para ello tenía que dejar de protegerme. Tenía que estar dispuesta a sufrir si quería conseguir algo que mereciera la pena.

La expresión de Dante se oscureció.

–Me alegra que pudieras hacerlo.

¿No entendía lo que le estaba diciendo o solo estaba fingiendo?

Pero ella había cambiado. Que el objetivo no fuera fácil no iba a disuadirla. Porque, la amara Dante o no, él se merecía que lo amaran y que sanaran sus heridas. Por él estaba dispuesta a sufrir lo que fuera necesario.

Porque él valía la pena. Se lo merecía todo. Se veía a sí mismo como una carga, un obstáculo, una amenaza... Pero ella iba a cambiar esa imagen, pasara lo que pasara entre ellos. No iba a ser la Paige Harper frívola y despreocupada que era tres años antes. Ni siquiera la Paige que había sido unas semanas atrás.

Se había hecho más fuerte. Había descubierto su poder. Y sabía que podía conseguirlo.

Dejó la copa en la encimera y caminó hasta la ventana, sintiendo como Dante seguía sus movimientos con la mirada. Con las cortinas descorridas y las luces de la ciudad proyectando un pálido resplandor en la suite, se llevó las manos a la espalda y se bajó lentamente la cremallera del vestido. Los tirantes se aflojaron y se los deslizó por los hombros, haciendo que el vestido cayera a sus pies. Se apartó del charco de tela, manteniéndose de espaldas a Dante. El corsé realzaba sus pechos y se ceñía a la cintura, acabando en las caderas, justo encima del tanga de encaje blanco que apenas cubría nada. Se dejó puestos los tacones, de color rosa y salpicados de purpurina.

Una seguridad arrolladora en sí misma palpitaba en su interior, junto a un deseo cada vez más fuerte que se concentraba entre los muslos.

–Hay algo más que quiero... y que estoy decidida a conseguir.

–¿El qué? –le preguntó él en voz baja.

–A ti. Esta noche voy a tenerte.

–¿Eso crees?

–No lo creo. Lo sé –se giró hacia él y fue testigo de su victoria al ver la expresión de Dante.

–¿Mi pequeña inocente se ha convertido en una seductora?

–Siempre lo he sido –declaró ella–. Solo tenía que encontrarla. Siempre ha estado ahí, pero tú me has ayudado a descubrirla. Porque conocerte a ti... me ha cambiado.

Vio un destello de temor en los ojos de Dante.

–¿En serio?

–Sí. Me has ayudado a encontrar mi poder. Y a estar en paz conmigo misma.

–¿Cómo lo he hecho?

–Siendo tú.

Dio un paso hacia él, con el corazón desbocado y un deseo que arrasaba cualquier resto de inseguridad que pudiera haber arruinado el momento. Su momento. El momento de Dante.

Se desabrochó el corsé y dejó que cayera al suelo, exponiendo sus pechos a la mirada de Dante.

Él la contempló, tan inexpresivo y rígido como una estatua. Pero Paige lo conocía demasiado bien y sabía que cuanto menos mostrara más ocultaba. Dante se aferraba desesperadamente al control y trataba de retener sus emociones.

Pero Paige no iba a permitírselo aquella noche. Quería más, mucho más de lo que habían compartido la primera noche o en la cocina. Lo quería todo.

Enganchó los dedos en los costados del tanga y tiró hacia abajo. Apartó la prenda de un puntapié y cubrió la distancia que aún la separaba de Dante para apretarse contra él, todavía con el esmoquin puesto. Le echó los brazos al cuello y lo besó en los labios.

—Gracias a los tacones no tengo que ponerme de puntillas, pero con ellos voy demasiado vestida —se los quitó con los dedos de los pies—. Igual que tú...

Empezó a desabotonarle la camisa, concentrándose en cada botón. Se la quitó, junto a la chaqueta, y tiró las dos prendas al suelo.

—Relájate, Dante... ¿Es que nunca te relajas?

—Muéstrame a un hombre que pueda relajarse mientras le haces esto —dijo él con voz ahogada—. No creo que exista ninguno...

Ella le puso la mano en el pecho y sintió la fuerza y el calor de sus músculos.

—Tampoco conozco a ninguna mujer que pudiera relajarse estando así contigo... Yo no estoy relajada. Estoy... increíblemente excitada.

A Dante se le escapó un gemido y ella lo besó en la boca, introduciéndole la lengua y aplastando los pechos contra su torso desnudo. A los pocos segundos se separó y empezó a besarle el cuello, antes de iniciar el descenso por su pecho y su abdomen. Él le agarró el pelo cuando ella se detuvo en la cintura de los pantalones y le trazó la linea con la punta de la lengua. Le desabrochó el cinturón, muy despacio y acarició la erección a través del tejido. Los músculos de Dante se convulsionaron ligeramente, pero permaneció inmóvil y con los ojos fijos en ella, ardientemente expresivos.

Le bajó el pantalón, dejándolo desnudo y excitado para explorarlo a conciencia. Le rodeó el miembro con la mano para comprobar su peso y dureza y lo apretó ligeramente, obteniendo un gemido de placer. Dante estaba perdiendo el control, justo lo que ella quería.

–Llevo mucho tiempo deseando hacer esto –le dijo, de rodillas frente a él. Era irónico que aquella fuese la posición de una sumisa, porque en aquel momento era ella quien tenía todo el poder.

–¿El qué? –preguntó él con voz tensa, sugiriendo que estaba a punto de explotar.

Paige acercó la cara a su miembro erecto y le tocó la punta con la lengua, saboreando su perfección antes de metérselo en la boca. Él la agarró con fuerza del pelo, las horquillas se soltaron y la melena cayó suelta por los hombros.

–Dios... Paige...

Al oír su nombre se avivó aún más el deseo que la guiaba. Continuó explorándolo ávidamente, con la boca y la lengua, succionando con una voracidad cada vez mayor. Sentía los temblores de Dante, el estremecimiento de sus fuertes muslos y sus manos en el pelo.

–Ya basta –suplicó él–. No puedo contenerme más...

Ella no quería que se contuviera, pero otra parte, la parte más egoísta, quería detenerse para compartir el placer con él.

Se apartó y se levantó, sin dejar de mirarlo a los ojos. En la penumbra podía ver como le ardían las mejillas por la excitación y cómo respiraba laboriosamente.

Estaba a punto de descubrir al hombre que se ocultaba bajo la armadura.

–Vamos a la cama –le ordenó.

Y él obedeció.

Había preservativos en la mesilla y Dante se colocó uno rápidamente, antes de tumbarse junto a ella en la cama y acariciarle la entrepierna para comprobar si estaba lista.

–Sí... –jadeó ella.

–¿Estás lista para mí?

Ella le agarró el rostro y le clavó la mirada mientras lo besaba en los labios.

–Siempre.

Y entonces él la penetró, sin apartar la mirada en ningún momento, hasta llenarla del modo más primitivo e intenso posible.

Los dos se fundieron en uno. Era imposible saber dónde acababa uno y empezaba el otro. Era imposible definir el placer que la colmaba y la desesperación por alcanzar juntos el éxtasis. Las furiosas embestidas de Dante los acercaban más y más al momento culminante. Ella se apretaba contra él y le recorría la espalda con las manos, sintiendo la tensión que emanaban sus cuerpos y que aumentaba a un ritmo imparable e insoportable.

Dante empujó una última vez con un gemido gutural y los dos llegaron al orgasmo.

Paige permaneció abrazada a él, sin defensas de ningún tipo. No solo había conseguido que él se liberara, sino que también ella lo había hecho. Se había ofrecido por entero a él, sin importarle las consecuencias.

Le acarició el pelo y lo besó en el hombro.

–Te quiero.

«Te quiero».

No debería importarle lo que Paige sintiera. No cambiaba nada. No alteraba los planes que había hecho desde la boda. Desde el momento en que ella apareció en la iglesia. Desde que vio a sus padres con Ana.

Los sentimientos de Paige no cambiaban nada. Estaba seguro de que el amor de Paige era sincero. Era una mujer decidida, honesta y generosa.

Pero él, en cambio, llevaba la sangre de un monstruo en las venas. Había visto lo que el amor le había hecho a aquel hombre. Le había hecho perder el control y lo había vuelto loco.

A Dante jamás le ocurriría lo mismo. No lo permitiría.

Había perdido parte del control con Paige, pero no volvería a pasar. Por muy grande que fuera la tentación de estar en sus brazos.

Se agarró a la barandilla del balcón y contempló la ciudad. El aire era cálido, pero Dante tiritaba de frío. Aquella noche no sería necesario darse una ducha helada como castigo.

«Te quiero».

Paige lo quería. Ese era el castigo. Lo crueles que podrían ser las consecuencias.

Pero tal vez hubiera una solución... Había pensado seriamente en mantener a Paige y a Ana en su vida y en su casa. Sus padres adoptivos le habían proporcionado un hogar y todas las comodidades posibles. Lo mismo podría ofrecerles él a ellas. No había contado con los sentimientos, pero no importaba. Podía hacerla feliz... sin ponerla en peligro. Sin exponerse al sufrimiento.

Tal vez no fuera lo correcto. Pero era lo que deseaba.

Volvió a la habitación y miró a Paige, acurrucada en la cama. Se acostó junto a ella y la besó en el pelo.

Podría funcionar. Él lo haría posible. Al día siguiente, cuando volvieran a casa, le diría que quería que se quedara con él. Y ella aceptaría.

Tenía que hacerlo.

Capítulo 14

PAIGE se alegró mucho de volver a ver a Ana, quien había pasado la noche colmada de mimos y atenciones por las personas a las que ya consideraba como abuelos, pero por otro lado le dolía tener que mentirles. No había contado con las repercusiones personales que tendría su engaño. Don y Mary Colson querían a Ana y Ana los quería a ellos y también a Dante. Paige amaba a Dante y había sido lo bastante tonta para decírselo.

Y él no le había dicho nada, ni siquiera una palabra de rechazo.

No esperaba que lo hiciera con sus padres delante, pero cuando estos se marcharon y una Ana que empezaba a ser tratada como su alteza imperial se quedó dormida, confiaba en que hablaran de ello.

Pero Dante se marchó a la oficina. Era martes y por tanto día laboral, pero Paige no quiso dejar a Ana y él no insistió.

Se pasó la tarde haciendo bocetos y contemplando el mar. Había diseñado otro escaparate navideño y solo le quedaba uno para completar el encargo, de modo que iba muy bien de tiempo.

Aquella casa era un lugar perfecto para buscar la inspiración, aunque estuviera hecha un manojo de nervios por culpa de Dante.

Dejó el boceto en la mesa y se levantó para estirar los brazos y sacudirse las manos, intentando liberar la adrenalina que le provocaba pensar en Dante y en lo que habían compartido. Respiró la brisa marina y se llevó la mano al estómago.

La posibilidad de que estuviera embarazada la había aterrorizado al principio. Dos bebés a su cargo... Pero ya se sentía capaz de afrontar cualquier desafío. Ya no era la misma persona que había sido. O mejor dicho, ya no se veía con los ojos críticos de su familia y de la gente de su pueblo. No era una deficiente. Tenía todo lo necesario para triunfar. Y lo más importante, había descubierto el inmenso poder del amor.

Otro hijo significaría más amor. Y por muy difícil que fuera afrontar la nueva situación, jamás lo lamentaría.

Entró en la casa y casi se chocó con Dante, que en ese momento atravesaba el salón con sus largas zancadas.

–Has vuelto –dijo ella.

–Sí, he vuelto.

–Me sorprende, pues ni siquiera son las cinco.

–Tengo que ocuparme de algo muy importante aquí.

–¿De... de qué se trata? –no quería oírlo, porque ya lo sabía. Debía de ser algo relacionado con su declaración de amor.

–He estado pensando... La prensa ha cubierto el enlace de manera muy positiva, y eso ha mejorado considerablemente mi imagen pública.

–Vaya, eso es estupendo –dijo ella, aunque estaba más irritada que aliviada porque le hablara de aquel tema y no de los sentimientos.

–Es posible que estés embarazada.

–Lo sabré muy pronto.

–Tampoco se me ha pasado por alto lo rápido que Don y Mary han aceptado a Ana... y ella a ellos.

A Paige se le cayó el alma a los pies.

–Sí... Me siento muy mal por eso.

–¿Por qué? Eso demuestra lo que ya pensaba.

–¿Y qué pensabas? –le preguntó, temiendo la respuesta.

–Creo que deberíamos seguir juntos.

Una ola de felicidad inundó a Paige.

–¿De verdad?

–Es lo mejor que podemos hacer, dadas las circunstancias.

–Sí –afirmó ella, echándole los brazos al cuello. No podía pensar en otra cosa que no fuera él y aquel momento mágico.

Dante la abrazó y la besó con pasión. La llevó en brazos a la cama y en pocos segundos estaban los dos desnudos.

Paige yacía en la cama, con el corazón todavía latiéndole fuertemente y la habitación dando vueltas a su alrededor. Se giró para abrazar a Dante, pero él ya se había levantado y se estaba vistiendo.

–Una razón más para seguir juntos –dijo él en tono coloquial–. La química que hay entre nosotros es increíble.

–¿Química? –no le parecía la palabra más apropiada. Para ella, al menos, había mucho más que una simple reacción química.

–Es el mejor sexo que he tenido en mi vida.

El comentario fue como una bofetada en el rostro. En cualquier otro momento tal vez se hubiera sentido halagada al oírselo decir a Dante. Pero después de que ella le hubiera declarado su amor... No, no era lo que más ilusión le hacía recibir.

–¿Eso es todo?

–No hay nada más, Paige. Nada que tenga importancia.

–Dante...

–Ahora que lo hemos aclarado todo, tengo trabajo pendiente –se puso la camisa, se echó el pelo hacia atrás y salió de la habitación, cerrando la puerta tras él, como si no hubiera pasado nada entre ellos. Paige permaneció sentada en la cama, abrazada a las rodillas, conmocionada. Sentía una tristeza infinita, como si se hubieran aprovechado de ella hasta dejarla vacía.

Aquella sensación solo le duró unos momentos, porque enseguida recordó la expresión de Dante. Esa mirada vacía que ella conocía tan bien y que ocultaba su miedo y sus traumas. Dante estaba asustado y por eso evitaba compartir sus emociones. Únicamente ofrecía su dinero y su cuerpo.

Pero ella no iba a aceptarlo. La vieja Paige sí lo habría hecho, pero no la nueva Paige. La mujer en que se había convertido aspiraba a todo. Solo necesitaba un plan.

Dante no podía concentrarse en el trabajo. Ni en nada. Había vuelto a casa a las tres de la tarde y se había acostado con una mujer que parecía decidida a echar abajo sus defensas con un ariete.

Y estaba a punto de conseguirlo.

El cuerpo aún le ardía por la pasión. Solo había sido sexo y, sin embargo, sentía que le hubieran abierto un agujero en el pecho.

–Dante.

Se volvió y casi se le detuvo el corazón. Paige estaba en la puerta del estudio, con un vaporoso vestido de chifón que mostraba su silueta al trasluz.

–¿Qué haces aquí? –le preguntó él con un nudo en la garganta.

–He venido para hablar contigo.

–No me parece que tu propósito sea hablar.

–Pues lo es. Estoy aquí para dejar las cosas claras.

–¿Qué cosas?

–Todo. Lo que siento por ti. Y no voy a decírtelo estando medio dormida mientras tu finges no oírme. Voy a decírtelo ahora, cara a cara.

Entró en el despacho y se detuvo ante la mesa. Sus ojos brillaban de determinación. Tomó el rostro de Dante entre las manos y se inclinó para besarlo en la frente.

–Te quiero –lo besó en la mejilla–. Te quiero –lo besó en los labios–. Te quiero.

Dante apretó los dientes, intentando combatir el dolor y la necesidad que crecía en su pecho y que amenazaba con consumirlo por completo.

–Me alegro, Paige. Si eso te hace feliz, me alegro.

–¿Eso es todo lo que tienes que decir?

Él desvió la mirada.

–Es todo lo que puedo dar.

–Eres un mentiroso, Dante.

–¿Que soy un qué? –espetó él, furioso.

–Un mentiroso. Y no solo con esto. Toda tu vida es una mentira. Toda tu existencia.

Dante se levantó y ella se echó hacia atrás, asustada.

–Pues claro –exclamó él, golpeándose el pecho–. ¿Cómo he podido olvidarlo? Soy el bastardo italiano, adoptado por una familia respetable a la que no pertenezco. Me he pasado la vida fingiendo ser una persona civilizada, un hombre de honor, cuando ambos sabemos que no lo soy. No comparto los genes de los Colson. Por mis venas fluye la sangre de un asesino. La sangre de un cobarde violento y despreciable que abusaba de las mujeres. Eso es lo que soy... Por supuesto que todo esto es una mentira –barrió la habitación con el brazo. Todo estaba perfectamente ordenado, como la mentira que se había construido en torno a él.

Bajó la mirada hacia los grandes ojos azules de Paige, abiertos como platos, y esperó a que el miedo la subyugase y la hiciera darse cuenta de que él no era el hombre que ella pensaba. No era el hombre que fingía ser. Bajo su armadura se escondía una oscuridad en la que nadie había querido adentrarse jamás.

–No –dijo ella–. Idiota... ¿Crees que no sé la opinión que tienes de ti? ¿Crees que me trago todo lo que dice la prensa? Te olvidas de que fui yo quien te sacó de aquella ducha helada y la que te calentó con mi cuerpo, así que no intentes asustarme con las mismas mentiras que te cuentas a ti mismo día tras día. Porque te mientes a ti mismo, Dante Romani, cuando te convences de que no puedes dar ni recibir amor. Mira a tu alrededor... La gente te quiere. Don y Mary te quieren. Ana te quiere. Yo te quiero. Pero tú no nos permites acercarnos porque tienes miedo.

–Sí, claro que tengo miedo –confesó él, sintiendo cómo empezaban a resquebrajarse las murallas que protegían su corazón–. Llevo los genes de ese hombre, Paige. ¿Sabes lo que eso significa? Los sentimientos son un veneno mortal que podría acabar conmigo.

–Eso no es cierto.

–¿Por qué crees que no es cierto? ¿Porque me amas? Ella lo amaba, Paige –gritó, desesperado por hacérselo entender–. Por eso nunca lo abandonó. Mi madre lo amaba y pensaba que podía cambiar. ¿Es que no lo entiendes? El amor no arregla nada. Simplemente camufla los defectos y oculta las heridas, sin llegar a sanarlas –la voz se le quebró–. El amor no es solo luz y esplendor. Tiene un lado oscuro... como todas las cosas.

Ella negó con la cabeza.

–Solo si eliges hundirte en la oscuridad como hizo tu padre, Dante. Aquello no era amor.

–Pasión, emoción, llámalo como quieras. Al final se

traduce en una pérdida del control, y yo no permitiré que eso me suceda a mí. Mi vida es orden y control. Así he hecho que sea, para no hacerle nunca daño a nadie... Para no ser nunca como él.

–Y para no sufrir –añadió ella con voz suave.

–También –admitió, sintiéndose expuesto y vulnerable.

–Pero esta vida que te has construido no es real –dijo ella, abarcando la habitación con el brazo–. Es solo la fachada. No lo que eres.

Él soltó una carcajada desprovista de humor.

–Lo único que puedo hacer es mantener oculto lo que soy.

Ella se mordió el labio y volvió a menear la cabeza.

–Eres un buen hombre, Dante. No sé por qué te niegas a creerlo. Mira lo que has hecho por mí y por Ana. Te guardas tus sentimientos para ti mismo y me lo pones muy difícil para llegar a ti, pero aun así lo sé.

–¿Qué es lo que sabes? –le preguntó él. Tenía los pulmones congelados y no podía respirar.

–Que te quiero. Y por qué te quiero. Porque eres fuerte y porque a pesar de todo lo que has sufrido te has convertido en un buen hombre. Un hombre que antepone las necesidades de los demás a las suyas. Un hombre capaz de amar, si se permitiera a sí mismo hacerlo.

Él sacudió la cabeza.

–Ese hombre no soy yo, Paige. Siento que estés confundida.

–Tú me quieres.

Algo se quebró en su interior, liberando una oleada de emoción tan fuerte que le costó un enorme esfuerzo mantener la compostura y hacer lo correcto.

–No.

–No te creo.

–Entonces te engañas a ti misma.

Una lágrima rodó por la mejilla de Paige, seguida por otra. Era como ver gotas de su propia sangre, manando de una herida imposible de cerrar.

–No, Dante. Ya basta. ¿Hasta cuándo te seguirás castigando por lo que hizo tu padre?

–El amor solo significa una cosa para mí, Paige. Es rabia, dolor y pérdida. Es un sufrimiento tan profundo que arrasa todo lo que se encuentra en su camino.

–Eso no es amor, Dante. Es maldad. La maldad que llevó a tu padre a hacer lo que hizo. No había amor en él.

–Entonces es la capacidad para hacer daño lo que veo en mí. Gracias por aclarármelo.

–Dices que llevas los genes de tu padre, como si eso lo justificara todo. Pero ¿y qué pasa con los genes de tu madre? Ella te dio la vida y querría que fueras feliz. ¿Y todo lo que te han dado y enseñado Don y Mary? Eres mucho más que los genes de tu padre y que lo que él hizo.

–Hablas como si no tuvieras más que tonterías en la cabeza –espetó él, y nada más decirlo se odió a sí mismo por ser un cobarde.

Y en aquel momento lo supo. Estaba siendo despreciable para que ella se marchara y no siguiera hablándole. Porque si seguía haciéndolo acabaría rasgando el velo y exponiéndolo, no solo a ella, sino también a sí mismo por primera vez en su vida.

–Fuera –le ordenó–. Márchate de aquí.

Ella permaneció inmóvil unos instantes, mirándolo con sus ojos azules llenos de dolor, de tristeza... y de amor. Un amor que él no merecía ni podía aceptar.

–Lárgate, Paige. No te quiero aquí. No te quiero.

Las últimas palabras le arrancaron una parte de su alma. Era una mentira horrible, pero necesaria.

Ella se mordió el labio, asintió y se giró para salir y

cerrar la puerta. Dante no quiso seguirla. No quería verla salir de la casa y de su vida.

Lo que quería era aferrarse a las palabras de Paige y decirle que tenía razón. Quería creerla y así poder tenerla, a ella y a Ana.

Miró a su alrededor. Su mesa, perfectamente ordenada. Y por primera vez se dio cuenta de que todo cuanto lo rodeaba era una mentira. Estaba destrozado por dentro. Y ningún orden externo podría arreglarlo.

Puso la mano en la mesa, sobre una taza que ocupaba la esquina derecha, en el lugar exacto donde la necesitaba para poder alcanzarla cuando estaba sentado. La agarró por el asa y la contempló, sintiendo el peso en la mano. De nuevo miró la superficie de la mesa. Todo estaba impecable y en su sitio. Y de repente odió aquella imagen.

Arrojó la taza contra la pared, haciéndola añicos, y barrió con el brazo la superficie de la mesa. El lapicero. La grapadora. El flexo. Un montón de folios. El maldito jardín zen que supuestamente serenaba su espíritu... Todo, hasta que el despacho reflejó su caos interior.

Pieza a pieza fue derribando los muros y desgarrando la fachada, hasta quedar frente a frente con su verdadera naturaleza.

El dolor le traspasaba el pecho. Por una vez no tendría que castigarse físicamente para pagar por sus pecados, pues llevaba dentro todo el dolor posible. Cayó de rodillas y se inclinó hasta tocar con la frente el suelo.

Paige tenía razón. Era un mentiroso. Tenía miedo de sí mismo, y también de sentir algo por una persona y volver a perderla. Tanto, que se había pasado la vida congelando sus sentimientos con la excusa de que estaba protegiendo a quienes lo rodeaban, cuando en realidad se estaba protegiendo a sí mismo de los demás. Como un niño asustado agazapado tras el sofá, temiendo que el monstruo lo encontrara. Un monstruo que habitaba fuera... o dentro de él.

Había llegado a convencerse de que no podía sentir nada. Pero también eso era falso. No había borrado las emociones; simplemente había permitido que el miedo dictara todo lo que hacía y lo que era.

Durante un breve periodo de tiempo había amado aquella casa. A una mujer que lo amaba. A una niña que confiaba ciegamente en él. Y lo había perdido todo como castigo final por sus pecados. La penitencia definitiva por haberse enamorado, algo que se juró que jamás haría y que aun así había hecho.

Sin sus defensas se había quedado reducido a la nada. No podía hacer otra cosa que yacer en el suelo y abrazar las emociones que lo subyugaban. El dolor, el amor, la angustia... No solo por Paige y por Ana, sino por cada momento de su vida.

Las murallas que siempre lo habían protegido no eran más que ceniza. No era el hombre que fingía ser. No era el hombre que aparecía en la prensa.

Se había permitido creer, por un instante, que era el hombre que Paige veía. Un hombre digno de su amor y de la admiración de Ana. Un hombre digno de ser el hijo adoptivo de los Colson.

Durante largo rato permaneció en el suelo, despojado de su armadura, invadido por una insoportable agonía. Finalmente se levantó, agarró el teléfono con manos temblorosas y marcó el número de sus padres.

–¿Dante? –fue su madre quien respondió.

–¿Por qué me adoptasteis? –preguntó él. Nunca se lo había preguntado, temeroso de oír la respuesta y de que la prensa tuviera razón.

El miedo por amar y perder a un ser querido no lo había llevado a ninguna parte. No le había dado nada.

–Porque –respondió su madre– nos enamoramos de

ti en cuanto te vimos. Eras un joven rebelde y furioso que en el fondo necesitaba apoyo y comprensión. Sabíamos que eras nuestro hijo... el que siempre habíamos estado esperando.

–No estaba preparado para oírlo –dijo él, tragando saliva con dificultad–. Hasta ahora.

–Lo sé.

Dante cerró los ojos y dejó de aferrarse al miedo.

–Te quiero.

Capítulo 15

PAIGE se sentía peor que nunca. Ana apenas había dormido durante la noche, quizá por estar en su pequeña cesta en vez de su cuna, de vuelta en el viejo y minúsculo apartamento de Paige, y como consecuencia tampoco Paige había pegado ojo.

Había creído que en su apartamento podría ver las cosas con la suficiente perspectiva y empezar a olvidarse de Dante. Pero no le había servido de nada. Había cambiado mucho en las últimas semanas. No podía fingir que nada había ocurrido.

Sentada ante su mesa, tras recibir un aluvión de felicitaciones por parte de los otros empleados, se sentía confusa y desgraciada. Había pasado la noche sin su marido y seguramente nunca volverían a hablar.

Tendría que volver a casa de Dante, pero nadie descubriría que había pasado una noche fuera. La adopción no se vería en peligro. Y ella necesitaba espacio y no compartir el mismo aire que Dante.

Tal vez se hubiera equivocado y Dante no la amara. A Ana sí la quería, de eso no tenía duda, y también estaba segura de que si llegara el caso sería un padre fantástico. La clase de hombre que siempre ofrecería un apoyo y amor incondicional a sus hijos. Lo había sabido desde que lo vio cantándole una nana a Ana, cuando las necesidades de la pequeña fueron más fuertes que sus cadenas. En aquel momento supo que era un hombre capaz de amar, pero que se había dejado dominar por el miedo.

Qué hombre tan estúpido... y maravilloso.

—¿Señora Romani?

Paige tardó unos segundos en darse cuenta de que se estaban dirigiendo a ella. Alzó la mirada y vio a un joven en la puerta con un periódico en la mano.

—¿Sí?

—Tengo que entregarle esto —entró y dejó el periódico en la mesa.

—Oh... —Paige miró el diario con el ceño fruncido—. Gracias.

El joven se marchó y ella empezó a hojearlo, sin saber qué buscaba. ¿Querría alguien que viera las fotos de la boda? Pasó las hojas hasta la sección de sociedad, y allí vio un titular que la dejó de piedra.

Se llevó la mano a la boca para detener el sollozo que subía por su garganta. Agarró el periódico y salió corriendo del despacho.

—Explícame esto —le exigió a Dante, arrojando el periódico sobre su mesa. Estaba temblando y una lágrima le resbalada por la mejilla.

Dante la miró, sin ninguna armadura que lo protegiera. Estaba tan desnudo y vulnerable a las emociones como Paige.

—He dicho la verdad —dijo con voz áspera—. Por primera vez en mucho tiempo he dicho la verdad.

Paige leyó el titular en voz alta:

«Dante Romani declara tras su reciente boda: quiero a mi mujer».

—Es cierto —corroboró él.

Otra lágrima resbaló por la mejilla de Paige, quien siguió leyendo en voz alta.

–«Hace semanas se especulaba si la señorita Harper podría o no reformar al empresario con el corazón de hielo, y hoy él mismo lo ha confirmado. "Quiero a mi mujer, y el amor te cambia por completo"» –miró a Dante con ojos interrogantes.

–Reconozco que hacerlo en público quizá no fuera lo mejor –dijo él–, pero teniendo en cuenta que...

–Me parece justo.

–Sí, pero no me exime de decírtelo ahora... Te quiero.

Paige sintió que le iba a explotar el corazón.

–Me vas a dejar sin maquillaje –se quejó, aludiendo a las lágrimas que afluían incesantemente a sus ojos.

–Igual que tú me has dejado sin coraza –se levantó y rodeó la mesa–. Tenías razón, Paige. Me estaba mintiendo a mí mismo. Tenía miedo de sentir y no me atrevía a liberar mis emociones. Pero tú me has enseñado que merece la pena correr el riesgo. Has sido mucho más valiente que yo. Te arriesgaste para proteger a Ana y a confesar lo que sientes por mí. Te arriesgaste una y otra vez a que te rechazara cuando no tenías por qué hacerlo, mientras que yo fui demasiado cobarde para hacer lo mismo.

Paige intentó tragar saliva, pero se lo impedía el nudo de su garganta.

–Hemos vivido experiencias distintas, Dante. No puedo ni imaginarme por lo que tú has pasado. Una experiencia así es...

–Te cambia por completo –dijo él–. Pero lo que dijiste era cierto. No puedo dejar que el pasado sea más importante que el presente y que el futuro. Tenías razón. La gente me quiere y yo nunca me he atrevido a aceptarlo. No quería volver a sufrir, y eso me ha llevado a vivir en una burbuja. Creía que manteniendo el orden a mi alrededor y acumulando posesiones y triunfos podría convertirme en quien necesitaba ser. Pero nada era real. Lo único que podía hacer era esconderme. De mí mismo y de todos... salvo de ti. Tú me has arrastrado hacia la luz. Y he aprendido algo, Paige.

−¿Qué?

−Que la luz es más fuerte que la oscuridad. Yo creía que eran las dos caras de la misma moneda y que una siempre acarreaba la otra. Esa forma de pensar me ayudó a comprender lo que había pasado cuando era niño. Me ayudó a creer que si me comportaba de una determinada manera podría controlar las cosas. Pero al fin me he dado cuenta de dos cosas: una, que no puedo controlarlo todo. Y otra, que la luz barre la oscuridad. Cuando brillas, la luz te llena por completo y borra todas las sombras. No hay lugar donde esconderse. Eso es lo que tú has hecho por mí. Has encendido una luz en mi alma... con tu amor.

Ella le rodeó el cuello con los brazos y lo besó en los labios.

−Te amo tanto...

−Y yo a ti, Paige. Eres todo lo que necesito... Perfecta en todos los sentidos.

−¿Incluso cuando te mancho de purpurina?

−Incluso entonces. Especialmente entonces. Porque me encanta que vengas llena de color, de pintura, de purpurina...

−¿Y con una niña pequeña?

−Y sobre todo con una niña pequeña. Quiero ser tu marido para siempre y quiero ser un padre para Ana. Un padre de verdad. Nunca me había dado cuenta, pero en Don Colson tengo el ejemplo perfecto de cómo debería ser un buen padre. Y yo quiero serlo para Ana. Quiero guiarla, apoyarla y quererla. Me temo que lo haré fatal, pero estoy dispuesto a intentarlo.

−¿Y si ella quiere ser una escaparatista como su madre?

–Pues le construiré su propio estudio.

–¿Y si quiere ser ejecutiva como su padre?

–Puede ser lo que quiera. Y una de las cosas más importantes que espero poder enseñarle es el amor. El de un padre a una hija y el de un marido a una esposa, amándolas a las dos día a día por el resto de sus vidas.

Epílogo

ANA empezó a gatear el día que la adopción fue un hecho.

–Ahí va otra vez –avisó Paige.

Dante observó como la pequeña se mecía hacia delante y atrás sobre las manos y rodillas antes de gatear hacia la mesita. La levantó en brazos a tiempo de evitar un desastre seguro.

–Tienes que vigilar tu cabeza, *stellina*.

Ana se había convertido en su estrellita, y no solo por ser una de las dos personas que ocupaban el centro de su universo, sino también porque lo había curado de su sufrimiento. Dante se había prometido que le enseñaría lo que era el amor y, sin embargo, era ella quien se lo enseñaba a él. Todos los días.

–Antes de que te des cuenta estará saliendo con chicos –dijo Paige con una pícara sonrisa.

–No, no quiero pensar en eso todavía –repuso Dante con el ceño fruncido.

–¿Por qué? ¿Temes que aparezca algún guapo italiano y se enamore perdidamente de él?

–Sí.

Paige se echó a reír.

–Esos italianos tienen mucho peligro... y lo digo yo, que me he casado con uno –los abrazó a él y a Ana y besó a Dante en la mejilla.

–¿Te arrepientes? –le preguntó él. Sabía muy bien la respuesta, pero le gustaba oírla de todos modos.

–No. En absoluto. Aunque será difícil explicárselo a Ana.

–¿El qué? ¿Por qué nos encerramos en nuestro cuarto durante horas?

Paige volvió a reírse.

–Bueno... no exactamente. No tengo pensado explicarle eso.

–¿Entonces?

–Será difícil explicarle cómo algo que empezó siendo una mentira acabó convirtiéndose en lo mejor que me ha pasado nunca.

Bianca

Tuvo que hacer un trato con el diablo…

Para salvaguardar el futuro de su familia, Natalie Carr tuvo que hacer un trato con Ludo Petrakis. No se fiaba de él, pero la pasión que había entre ellos la dejaba sin aliento e indefensa. Y accedió a la propuesta de él de acompañarlo a Grecia haciéndose pasar por su prometida.

A medida que se iban difuminando las líneas entre la farsa y la realidad, Natalie empezaba a ver grietas en el firme control de Ludo. Mientras cumplía sus condiciones le resultaba cada vez más y más difícil resistirse a él.

Rumbo al deseo

Maggie Cox

Acepte 2 de nuestras mejores novelas de amor GRATIS

¡Y reciba un regalo sorpresa!

Oferta especial de tiempo limitado

Rellene el cupón y envíelo a
Harlequin Reader Service®
3010 Walden Ave.
P.O. Box 1867
Buffalo, N.Y. 14240-1867

¡Sí! Por favor, envíenme 2 novelas de amor de Harlequin (1 Bianca® y 1 Deseo®) gratis, más el regalo sorpresa. Luego remítanme 4 novelas nuevas todos los meses, las cuales recibiré mucho antes de que aparezcan en librerías, y factúrenme al bajo precio de $3,24 cada una, más $0,25 por envío e impuesto de ventas, si corresponde*. Este es el precio total, y es un ahorro de casi el 20% sobre el precio de portada. !Una oferta excelente! Entiendo que el hecho de aceptar estos libros y el regalo no me obliga en forma alguna a la compra de libros adicionales. Y también que puedo devolver cualquier envío y cancelar en cualquier momento. Aún si decido no comprar ningún otro libro de Harlequin, los 2 libros gratis y el regalo sorpresa son míos para siempre.

416 LBN DU7N

Nombre y apellido	(Por favor, letra de molde)
Dirección	Apartamento No.
Ciudad	Estado	Zona postal

Esta oferta se limita a un pedido por hogar y no está disponible para los subscriptores actuales de Deseo® y Bianca®.
*Los términos y precios quedan sujetos a cambios sin aviso previo.
Impuestos de ventas aplican en N.Y.

SPN-03   ©2003 Harlequin Enterprises Limited